Annika Reich

Die Nächte auf ihrer Seite

Roman

Carl Hanser Verlag

1 2 3 4 5 19 18 17 16 15

ISBN 978-3-446-24766-6

Satz im Verlag
Druck und Bindung: CPI – Ebner & Spiegel, Ulm
Printed in Germany

MIX
Papier aus verantwortungsvollen Quellen
FSC® C006701

Objects in the mirror are closer than they appear.
(Warnhinweis auf Außenspiegeln von US-amerikanischen,
kanadischen und indischen Kraftfahrzeugen)

An der Mauer entlang

Sira hatte keine Lust auf eine politische Situation. Sie hatte nicht wochenlang in Farids Laden Pasten püriert und Paprika enthäutet, um irgendwelchen Aufständen beizuwohnen. Sie wollte mit ihren Cousinen Tennis spielen und auf dem Nil herumschippern, sie wollte sich von ihrer Tante bekochen lassen und über nichts nachdenken müssen, schon gar nicht über eine politische Situation.

Doch in Tunesien war die Lage eskaliert, Ben Ali auf der Flucht, und die Unruhen drohten auf andere arabische Staaten überzugreifen. Es war der 22. Januar 2011. Siras Flug nach Kairo ging in drei Stunden.

»Wie deine Großmutter immer gesagt hat: Geh leise an der Mauer entlang, wo dich niemand sehen kann. Denk bitte immer daran«, hatte ihre Mutter ihr am Vormittag zugeraunt und ihr dabei die üblichen Mitbringsel in die Hand gedrückt: 25 Tafeln billige Nussschokolade, zehn Flaschen künstlich riechendes Shampoo, Parfum aus dem Drogeriemarkt, Rheumasalben, eine Kiste voller Lesebrillen und eine ganze Palette Süßstoff, dazu mehrere aufwendig verpackte Geschenke.

»Glaubst du wirklich …?«, hatte Sira gefragt, aber ihr Vater, der die Probleme seines Landes inzwischen für Naturgesetze hielt, hatte sie schroff unterbrochen: »Aufstände in Ägypten? Schön wär's! Darauf können wir lange warten. In Ägypten ändert sich nichts, jedenfalls nicht, solange ich noch lebe.«

Dann hatte er sie umarmt und gesagt: »Fahr ruhig und mach dir keine Sorgen!«

Sira war trotzdem beunruhigt. Sie schaute auf die Uhr und schrieb ihrer Mitbewohnerin Christine einen Zettel.

Sira war heute Morgen aus dem Haus gegangen, ohne sich von ihr zu verabschieden. Beim Packen hatte Christine sie gefragt, ob sie in Kairo auch ein Kopftuch trage, ob ihre Cousinen alle ein Kopftuch trügen und ob Frauen, die Kopftuch tragen und Frauen, die kein Kopftuch tragen, die gleichen Interessen hätten? Sira hatte nichts darauf geantwortet und Christine nach der letzten Frage gebeten, sie in Ruhe weitermachen zu lassen. Jetzt hatte sie ein schlechtes Gewissen, aber sie war es so leid, dass ihre Berliner Freunde andauernd hören wollten, wie religiös ihre Familie war, und wie sehr ihre Cousinen von ihren Ehemännern unterdrückt wurden.

Sie schrieb: *Sorry für vorhin, war nicht so gemeint. Ich bring Dir Gewürze mit. Umarmung. S.* und legte den Zettel auf den Küchentisch. Da klingelte es auch schon.

Sira wuchtete die beiden Taschen über die Schultern, schloss die Wohnungstür hinter sich und ging die zwei Stockwerke hinunter. Farid kam ihr entgegen und nahm ihr das Gepäck ab: »Was ist denn da alles drin, um Himmelswillen?«

»Mama, du kennst sie doch! Und ich muss das jetzt alles mitschleppen. Wenigstens die Kinderriegel konnte ich ihr diesmal ausreden«, sagte Sira.

Farid lachte: »Kinderriegel, echt? Immer noch? Aber du weißt ja, zurück wird es noch schlimmer. Familie eben! Ich beneide dich, würde auch gerne mal wieder nach Kairo fahren.«

Die Familie. Wenn Sira ehrlich war, hatte sie jetzt nicht nur Angst, dass die tunesischen Unruhen nach Ägypten schwappen könnten, sondern auch, dass ihre Familie sie überschwemmte, bis kein Fleckchen Privatsphäre mehr übrigblieb. Das gefräßige, vielarmige Wesen ihrer ägyptischen Familie war zwar zärtlich, ließ sie aber nicht aus den Fängen.

»War dir das nie zu viel?«, fragte Sira, als sie in Farids Wagen einstiegen.

»Familie – zu viel? So ein Quatsch! Wer hat dir das denn eingeredet?«

»Warum denkst du immer, mir hätte jemand was eingeredet?«

»Denke ich das immer?«, fragte Farid.

Vielleicht hatte er recht. Die meisten ihrer Tanten waren humorvolle Ladys, in deren Fängen es sich eigentlich ganz gut leben ließ; außerdem war sie gegen den Tantenkraken sowieso machtlos, und je früher sie sich das eingestand desto besser.

»Wo ist Markus eigentlich?«, fragte Farid, als sie an einer Ampel hielten.

»Er lernt.«

»Hat er Prüfungen?«, fragte Farid.

»In drei Monaten«, sagte Sira.

Farid drehte den Kopf in ihre Richtung: »Fleißig, fleißig.«

»Lass es!«, sagte sie.

Als Markus ihr erklärt hatte, warum er sie nicht zum Flughafen bringen konnte, hatte sie ihn sogar ein bisschen bewundert, aber die Ehrfurcht vor seiner Geradlinigkeit schwand mit jeder Minute, der sie sich dem Flughafen näherten. Und spätestens, als sie sah, wie ihr Bruder hinter der Absperrung wartete, bis sie durch die Sicherheitskontrolle gegangen, wie er dort stand, wartete und winkte, bis sie um die letzte Ecke gebogen war, verstand sie Markus nicht mehr, ihn nicht und diesen emotionalen Geiz nicht, den er ihr ständig als Vernunft verkaufte. Und je mehr sie nun darüber nachdachte, desto wütender wurde sie auf ihn und desto wütender wurde sie auf sich, weil sie diese Anfälligkeit für alle Arten von Vernunft hatte, selbst für den als Vernunft maskierten Geiz. Vernünftige Menschen gaben Sira das Gefühl, berechenbar zu sein, berechenbarer als ihre Mutter, aber das war eine andere Geschichte.

Nun stand Sira an der Kasse des Flughafenshops und kaufte eine Flasche Schnaps für ihren Onkel Tamer, der als einziger in der Familie Schnaps trank und die Menschen unterteilte in solche, die trinken und solche, die nicht trinken. Das Trinken schied nicht nur Religiöse von Nicht-Religiösen, sondern war auch eine Frage der Klassenzugehörigkeit; Onkel Tamer schätzte natürlich nur die Trinker, alle anderen waren für ihn humorlose, religiöse Eiferer. Er nutzte außerdem jede Gelegenheit, um dem Rest seiner Familie zu demonstrieren, dass er viel kosmopolitischer war als sie, er, der in den USA studiert hatte und mit einer Frau aus der Kairoer *upper class* verheiratet war. Die Familie rührte keinen Tropfen an, aber ließ Onkel Tamer trinken, so wie sie den salafistischen Cousin oder Siras Vater in Ruhe ließ, der Witze über den Islam machte.

Sira schaute sich in dem Laden um. Außer ihr kauften vor allem Geschäftsmänner ein. Ein Pickliger zwinkerte ihr zu. Sie wendete sich ab. Als sie wieder aufschaute, stand eine Frau, die eine Niqab trug, vor ihr und kaufte einen knallroten Lippenstift. Die Frau erinnerte sie an eine Dame, die sie einmal während des Ramadans in Kairo getroffen hatte.

Damals wollte Sira auch Schnaps für Onkel Tamer besorgen. Doch die Kassiererin weigerte sich, ihr die Flasche zu verkaufen und blickte dabei so entschlossen drein, dass Sira das Getränk gerade wieder zurück ins Regal stellen wollte, als eine ältere Dame hinter ihr auftauchte und die Kassiererin anherrschte, ihrer Tochter auf der Stelle den Alkohol auszuhändigen. Die Kassiererin erschrak, senkte den Blick und tippte den Preis in die Kasse.

Sira hatte der Frau mit einem kurzen Lächeln gedankt und dann etwas abseits auf sie gewartet, um sie zu fragen, warum sie ihr geholfen habe. Diese hatte sie angefunkelt und erwidert, dass es ihr ganz und gar nicht gefalle, wenn während des Fastens getrunken werde, nein, das gefalle ihr nicht, und es gefalle ihr auch nicht, dass eine junge Frau wie sie überhaupt Alkohol kaufe; was sie aber noch viel weniger leiden könne, fuhr die ältere Dame fort und machte eine kurze, effektvolle Pause, seien *Bitches*.

Daran dachte Sira, als ihr Flug aufgerufen wurde, sie den Schnaps bezahlte und ins Flugzeug stieg. Nun schaute sie auf das mausgraue Berliner Rollfeld und beschloss, sich erst einmal nicht mehr bei Markus zu melden. Sie kippte zwei Bloody Marys, weil ihr Bloody Marys wie der Gipfel der Unvernunft vorkamen – schließlich schmeckten sie nicht einmal –, schlief kurz darauf ein und wachte erst wieder auf, als die Landung in Kairo angekündigt wurde.

Ihre beiden Cousinen Nahla und Myriam winkten ihr schon von weitem zu und redeten sofort lauthals auf sie ein, fragten nach ihren Eltern, nach Farid, nach Ada und Fanny. Sie verließen das Flughafengebäude, Sira schlug die warme, versmogte Luft entgegen, und mit einem Atemzug standen ihr all die Erinnerungen an frühere Besuche vor Augen; Szenen von sonnenbeschienenen Nachmittagen auf den Rasenflächen der Social Clubs, von stundenlangen Mall-Besuchen mit ihren Cousinen und von all den nicht enden wollenden Familienessen.

Auf der Fahrt nach Zamalek verlor Sira mehrmals den Gesprächsfaden, weil sie sich an das schnell gesprochene Arabisch erst wieder gewöhnen musste, aber auch weil der Blick aus dem Fenster sie immer wieder ablenkte: Wie viele Menschen in Kairo auf den Straßen liefen, wie laut es war und wie sehr es nach Benzin roch, nach Staub und nach Essen. Daran würde sie sich nie gewöhnen können, egal wie oft sie hier war. Im Radio sang Muhammad Muňir: *Wenn die Brise durch ihr Haar fährt, sagt sie Aah. Auch das feine Parfum, das mit ihrer Haut verschmilzt, sobald es sie berührt, sagt: Aah.*

Nahla rollte die Augen und schaltete das Radio ab. Sie fuhren am Lieblings-Straßencafé ihres Onkels, dem *Zahrat al-Bustan,* vorbei und zahllosen anderen Restaurants, Supermärkten und Läden mit ihren chaotischen Auslagen, in denen es von Auberginen über Rollkoffer bis hin zu Autoreifen alles zu kaufen gab. Dann fuhren sie über die Brücke auf »die Insel«, wie Zamalek hier genannt wurde, und bald nachdem sie die Brücke verlassen hatten, änderte sich das Straßenbild – alles wurde ruhiger und gepflegter, stiller und vertrauter. Sie parkten den Wagen.

Zu Hause hatte Tante Seda groß aufgekocht und die ganze Familie zusammengetrommelt. Sira wurde so oft umarmt, bis sie jegliches Beharren auf Eigenständigkeit sinken ließ und sich wieder daran erinnerte, wie das ging – in einer Familie aufzugehen.

»Und wie läuft's bei dir?«, fragte Tante Manāl, als sie sich gerade an den Essenstisch gesetzt hatten.

»Lass sie doch erst mal ankommen«, sagte Nahla und flüsterte Sira ins Ohr: »Ob du verlobt bist?«

»Ach, so«, sagte Sira, »läuft super, ja, ich hab einen Studienplatz für Medizin bekommen.«

»Aha«, sagte Tante Manāl. »Und weiter?«

»Verlobt bin ich nicht, falls du das wissen willst.«

»Dann wird es aber Zeit«, sagte Tante Manāl und häufte Sira Speisen auf den Teller. »Oder gehörst du auch zu dieser grässlichen Satellitenschüsselgeneration wie deine Cousinen?«

Satellitenschüsselgeneration? dachte Sira.

»Jetzt freuen wir uns erst einmal, dass Sira da ist und verhören sie nicht gleich am ersten Abend«, sagte Tante Seda, schenkte Sira ein Glas Laimun ein und fuhr fort: »Und du, liebes Tantchen, hast dir in deiner jungen Ehe sicher mehr als einmal gewünscht, ein bisschen länger gewartet zu haben, stimmt's?«

Tante Manāl schaute streng, doch dann zuckte sie mit den Schultern und sagte: »Medizin, also? Na ja, dann wird wenigstens aus dir noch was Anständiges. Wenn dein Bruder schon einen Feinkostladen aufgemacht hat. Ein Feinkostladen, euer armer Vater. Dabei war Farid doch eigentlich auf einem guten Weg, Jura und so. Na ja, wie auch immer: Ich hätte sowas nie zugelassen!«

»Willst du noch ein bisschen Lamm, Tante Manāl?«, fragte Tante Seda und zwinkerte Sira zu.

Sira lächelte zurück und dachte, wie sehr sie Tante Seda mochte und wie sehr sie Nahla und Myriam um eine Mutter beneidete, die nicht alles wissen wollte und nicht alles wissen musste.

Später saßen sie im Wohnzimmer zusammen und packten die Geschenke aus: die Schokoladen und Shampoos, aber auch Stoppersocken und eine ganze Batterie von Lesebrillen.

Als das letzte Päckchen ausgepackt war, sagte Tante Seda: »Ich möchte mal wissen, was sie von hier nach Deutschland mitbringt …«

Alle lachten und probierten die Lesebrillen auf. Dann plauderten sie eine Weile über das Leben in Berlin, die Hochzeit einer entfernten Cousine und die ungezogenen Kinder der Nachbarn unter ihnen, bis Onkel Danyal fragte: »Was denkt man in Berlin eigentlich über Tunesien?«

»Hm, ja, weiß nicht«, sagte Sira. »Wir finden es gut, glaube ich.«

»Gut?«, fragte Tante Seda.

»Ist es nicht gut?«, fragte Sira.

»Was? Es ist unglaublich! Wir können gar nicht fassen, was die Tunesier geschafft haben!«, sagte Onkel Danyal mit leuchtenden Augen. »Bei uns würde sowas nie passieren, nie! Du musst dir nur die Zeitung von letzter Woche ansehen. Ich hab sie extra für dich aufgehoben. Hier, warte mal!«

Onkel Danyal stand auf, kramte in einem Stapel Papier und legte Sira eine Zeitung auf den Schoß. Die Schlagzeile lautete: *Ägypten steigt auf: Mubarak erreicht das höchste Niveau wirtschaftlicher Sicherheit für sein Land.*

»Das war der Tag, an dem Ben Ali zurückgetreten ist«, sagte Onkel Danyal.

Sira schwieg.

»Habt ihr von den Männern gehört«, Onkel Danyal räusperte sich, »die sich vor dem Parlament angezündet haben? War das ein Thema in der deutschen Presse?«

Sira nickte.

»In Kairo könnten sich Hunderte anzünden«, sagte Nahla.

»Aber nervös sind sie schon. Die Tankstellen dürfen das Benzin nicht mehr in Kanistern verkaufen«, sagte Tante Seda.

Sira dachte an Markus und an ihre Mitbewohnerin Christine, die gerade einen Bachelor in Romanistik und Anglistik machte, sie dachte an Farid und Ada, an die vielen Abende in den Neuköllner Kneipen, und nichts davon blieb stehen – nichts, bis auf ihr künftiges Medizinstudium; das war das einzige, was stehen blieb, im Angesicht brennender Männer.

REIGEN

Das Paar geht Hand in Hand durch den Innenhof und kommt eine Stunde später in der gleichen Verhaftung wieder zurück. Hat es auf dem Hinweg noch ausgesehen, als spielen die beiden das Händchenhalten nur vor, wirkt es auf dem Rückweg, als imitieren sie sich selbst.

»Ich verlass mich auf dich«, sagt die Frau.

Der Mann nickt, die Frau nickt – beide kurz und hart wie Trapezkünstler vor dem Absprung.

Zu nah, zu fern

Die Kamera lief. Ada legte ihre Hand auf das kühle, schwarze Gehäuse und schaute durch das geöffnete Wohnzimmerfenster nach draußen in den Innenhof. Gerade war das letzte Paar verschwunden. Der Hof wirkte nun wie eine Kulisse, die auf ihre nächste Szene wartete. Ada warf sich eine Bluse über, setzte einen Kaffee auf, aß den Rest der Schokolade und ließ die Auftritte der letzten Paare noch einmal Revue passieren: Sie liefen durch die schwere, lackierte Tür des Vorderhauses, querten in unterschiedlichen Gangarten den Hof, verschwanden im Hinterhaus und kehrten eine Stunde später wieder zurück – immer im Kreis von morgens bis abends. Ein Reigen aus Tripplerinnen und Trottern, und alle heulten sie den Mond an.

Ada kippte den Kaffee in eine Tasse, tätschelte ihre Kamera wie einen kantigen Doggenkopf und ließ ihren Blick auf dem gegenüberliegenden Yogazentrum verweilen, das mit seiner futuristischen Glasfassade in das Rondell aus Pflastersteinen schnitt und dem Jugendstilgebäude gegenüberstand, als gäbe es etwas auszufechten oder als hätte eines der beiden Häuser sich hierher verirrt.

Gleich würde Farid kommen und Fanny zurückbringen. Ada betrachtete ihr Wohnzimmer. Eine Staubschicht überzog den Schreibtisch, der Strauß Rosen begann zu welken und auf dem Boden standen noch die beiden Rotweingläser der vorletzten Nacht. Fanny mochte es ordentlich, so ordentlich wie bei ihrem Vater. Ada musste also dringend staubsaugen. Doch bevor sie staubsaugen konnte, musste sie Musik für die Übergabe-Szene aussuchen. Sie wollte ein Lied finden, das Farid beeindruckte, wenn er es aus dem Hintergrund hörte, eines, das so beiläufig wie möglich ihr neues Leben bezeugte. Als Regina Spektor ganz ohne Vorankündigung *I never loved somebody fully. Always one foot on the ground* sang, ging Ada am Staubsauger vorbei in die Küche.

In der Spüle stapelte sich das Geschirr, neben den vertrockneten Kräutern und einer Rolle Luftpolsterfolie stand immer noch der Becher, aus dem Fanny vor einer Woche ihren Kakao getrunken hatte. Die leere Kameratasche lag neben dem Mülleimer, auf dem Boden türmten sich die ungelesenen Zeitungen und über einem der beiden Stühle hingen ein Anorak, dicke Strümpfe und ein dunkelroter BH. Ada nahm die Luftpolsterfolie in die Hand und ließ ein paar der Plastik-Bläschen platzen, dann raffte sie die Kleider vom Stuhl, schmiss sie im Vorübergehen auf ihr Bett und ging zurück ins Wohnzimmer.

Natürlich freute sie sich auf Fanny – sie hatte sie schließlich eine ganze Woche nicht gesehen –, aber sie hatte auch Angst. Angst vor Fannys schwarzen Haaren, Farids schwarzen Haaren, ihrer Wehleidigkeit, seiner Wehleidigkeit. Es war nicht leicht, eine Mutter mit Unterbrechungen zu sein. Farid war mit seiner Rolle als Vater verschmolzen, aber sie nicht, bei ihr dauerte es immer eine Weile, bis sie wieder in ihre Rolle fand. Manchmal wunderte sie sich sogar, überhaupt eine Mutter zu sein.

Wenn Farid Fanny zurückbrachte, kam er Ada manchmal so nah, dass sie zurückwich, ihm mit ausgestrecktem Arm

Fannys Tasche entriss und sich nichts mehr wünschte, als dass er verschwand; manchmal blieb er so distanziert, dass seine Umrisse nur schemenhaft zu erkennen waren und sie ihn am Ärmel greifen und zu sich hinziehen wollte. Und immer stachen ihr an Fanny Zeichen der Entfremdung ins Auge, auch wenn es nur eine neue, glitzernde Haarklammer war, die sie, kaum war Fanny im Bett, sofort verschwinden ließ.

Bei jeder Übergabe versuchten Ada und Farid sich wie Erwachsene zu benehmen, und jedes Mal trampelte Fanny vom Hausflur in den Wohnungsflur und zurück, um ihren Eltern einen Pfad zu bereiten. Doch Ada und Farid betraten ihn nicht, sie waren zu sehr damit beschäftigt, Zahlen und Zeiten abzufragen und sich gegenseitig zu belauern.

Mitten in diese Farce hinein blitzte dann auch noch ein Geisterfahrerbild auf, in dem Ada mit Farid schlief, als hätten sie sich getäuscht, als wäre zwischen ihnen noch etwas offen. Doch zum Glück verflog es so schnell, wie es gekommen war, und kaum war es verflogen, kippte die Situation endgültig. Einer von beiden sagte einen jener Sätze, die sich Paare sparten, die noch auf eine gemeinsame Zukunft bauten, und kaum war dieser Satz gesagt, wurde Fanny zappelig, machte ruckartige Bewegungen mit Armen und Beinen und wollte den Satz vertreiben, der da schon zu schwer im Raum hing, um sich noch vertreiben zu lassen. Fanny begann zu weinen, Farid pfefferte Fannys Tasche in den Flur, und Ada fragte die gleichen Fragen, immer die gleichen Fragen. Kurz darauf waren Tür und Kapitel zu. Geschlagen.

Natürlich gab es auch die friedlichen, erschöpften Übergaben. Und wenn Ada ehrlich war, fürchtete sie sich vor den friedlichen Übergaben fast noch mehr als vor den verpatzten. Denn was war eine friedliche Übergabe anderes als die Bestätigung dafür, dass es sich nicht einmal mehr zu streiten lohnte? Und was war eine missglückte Übergabe anderes als der letzte Beweis dafür, dass die Entscheidung sich zu trennen richtig gewesen war?

Wie sehr sie Fanny dabei als Blitzableiter missbrauchten, fiel Ada immer erst auf, wenn Fanny schon schlief. Sie setzte sich dann auf ihr Bett, streichelte die Locken, die sie liebte, die sie auch an Farid immer geliebt hatte, und beobachtete ihre schlafende Tochter, die mit Armen und Beinen zuckte, als gäbe es noch etwas zu erledigen. Manchmal schlafwandelte Fanny. Sie versuchte dann, Ordnung in das gemeinsame Leben zu bringen: die Gabeln in den Kühlschrank, die Messer in den Backofen.

Morgens, wenn Fanny gerädert aufwachte, fragte Ada sie, ob sie nicht etwas zusammen ordnen wollten, die Bücher im Kinderzimmer zum Beispiel. Fanny liebte es, ihre Bücher neu zu sortieren, mal nach Farbe, mal nach Größe oder Alphabet. Und manchmal, wenn Ada drehfrei hatte, nahmen sie sich das große Regal im Wohnzimmer vor.

Ada schaute auf die Uhr und setzte sich aufs Sofa. Noch fünf Minuten bis zur Übergabe. Farid hatte sie nie warten lassen. Er beherrschte die Klaviatur der unlauteren Methoden nicht. Er manipulierte nicht und ließ sich nicht manipulieren. Wenn sie ihm Land entzog, verharrte er so lange an Ort und Stelle, bis ihr der Atem ausging. In all den Jahren waren ihre Krisen einfach verpufft, eine nach der anderen, all die Hitze für die Katz. Wie sehr sie auch versuchte, sich mit ihm zu verstricken, immer blieb sie mit losen Enden zurück.

Ada strich sich über die Bluse. Seide, blaue Seide. Eigentlich konnte sie sich keine Seidenblusen leisten, aber sie kaufte sie trotzdem, eine nach der anderen, in leuchtenden Farben, weil Seide zu ihrer Haut so großzügig war wie das Leben es hätte sein sollen, wenn es genügend Anstand gehabt hätte, Anstand und Mut. Doch wie sollte ihr Leben Mut beweisen, wenn sie sich ständig auf Halbseidenes einließ und jetzt gerade auf ihren Ex-Mann wartete, der jede Minute ihre ordnungsliebende Tochter zurückbrachte, der sie wahrscheinlich wieder nicht gerecht werden würde – schon gar nicht mit einem angebissenen Croissant auf dem Heizkörper.

Ada stand auf, warf das morsch gewordene Hörnchen in den Papierkorb, wischte den Staub vom Tisch, kippte das Blumenwasser in den Ausguss und würgte Regina Spektor ab, die mit ihrer sperrig-verletzlichen Stimme nicht mehr zu ertragen war. Dann ging sie ins Bad, schminkte sich die Lippen so rot wie nötig und fuhr sich durch die kurzen Haare.

Als es klingelte, streckte Ada die Arme über den Kopf, dehnte sich nach links und nach rechts, versuchte mit den Fingerspitzen den Boden zu berühren, atmete einmal tief ein und aus, blickte in den Spiegel, dachte an einen Satz von Woody Allen: *Warum musste man eigentlich immer das schlechte Fernsehen nachspielen?*, und öffnete die Tür.

Fanny fiel ihr in den Arm. Farid griff durch die Bannmeile hindurch und sagte: »Neu? Seide«, während er seine Hand von ihrem Unterarm wieder zurückzog.

Und weil er das getan hatte, und es so unerwartet war, verpasste Ada ihren Einsatz; und weil sie ihren Einsatz verpasste, verpasste Farid seinen Einsatz; und weil beide ihren Einsatz verpassten, fühlte sich plötzlich alles anders an.

Farid und Fanny schauten in Adas Richtung. Keine Misstraulichkeiten, keine Frage nach dem nächsten Wochenende, wer zum anstehenden Kinderarztbesuch ging und wer zum Elternabend, nichts darüber, wer die teuren Stiefel für Fanny kaufen musste, und dass Farids Eltern ihre Enkelin auch endlich einmal wiedersehen wollten, nichts von alledem, sondern nur: »Willst du kurz reinkommen?«

Farid zögerte, schaute Ada fragend an. Er hatte Fannys Tasche nicht in die Ecke geschmissen, und Ada hatte Fanny nicht gefragt, ob denn die Woche bei ihrem Vater auch schön gewesen war, sondern nur: »Willst du einen Kakao?«

Fanny und Farid nickten und sagten beide gleichzeitig: »Ja.«

Dann lachten sie und gingen in die Küche. Fanny setzte sich auf einen Stuhl und begann von einem Zeichentrickfilm zu erzählen. Sie ließ dabei ihre Füße baumeln und kicherte so unbeschwert, als wäre die ganze Trennungsgeschichte ihrer Eltern nur auf einem Wunderblock skizziert und in diesem Moment mit einem Ritsch und einem Ratsch gelöscht. Als sie ihren Kakao ausgetrunken hatte, sprang sie auf und verschwand in ihrem Zimmer.

Ada und Farid schauten Fanny hinterher. Farid rief: »Fanny, alles ok?«

»Bin müde«, rief Fanny zurück.

»Willst du nichts mehr essen?«, fragte er.

»Hab schon«, rief sie.

»Glaub ihr kein Wort«, flüsterte Farid und folgte Fanny ins Kinderzimmer.

Ada hörte die beiden flüstern.

Farid sagte: »Ach, so!« und kehrte in die Küche zurück.

»Ach, so?«, fragte Ada.

»Alles gut«, sagte Farid.

Sie schwiegen eine Weile, dann fragte Farid: »Wie war's

beim Dreh?« und holte eine Flasche Wein aus dem Regal. Er fand gleich in der ersten Schublade, die er aufzog, einen Korkenzieher, und schraubte die Spirale in den Korken, als täte er das öfter, als kennte er ihre Küche und wüsste genau, was sich hier gerade abspielte.

Ada spülte zwei Weingläser, trocknete sie ab und stellte sie auf den Tisch; etwas anderes fiel ihr nicht ein.

»Ada?«, fragte Farid.

Sie schüttelte den Kopf und sagte: »Verzeih, ja, ich bin gerade etwas ... Wir fahren erst morgen. Zu den Eltern von Regina, du weißt schon, Regina, die Lichtfrau, mit der ich schon ganz oft gedreht habe.«

»Ich kenne Regina.«

»Ach so, ja«, sagte Ada.

Farid zögerte kurz, dann nahm er die Flasche und die Gläser und ging noch einmal in Fannys Zimmer.

»Fanny schreibt noch ein bisschen Tagebuch«, sagte er, als er an Ada vorbei ins Wohnzimmer ging.

Ohne Zähneputzen? wollte Ada fragen. »So früh?«, fragte sie stattdessen.

»So früh«, kam es aus Fannys Zimmer.

Adas Blick fiel auf die Luftpolsterfolie – eingeschweißte Luft in kleinen Blasen. Sie ging in Fannys Zimmer.

»Heute war ein schöner Tag«, sagte Fanny.

»Ich weiß«, sagte Ada. »Gute Nacht.«

Sie gab ihr einen Kuss, ging hinaus und blieb eine Weile vor der angelehnten Tür des Kinderzimmers stehen. Ich weiß, dachte sie, ich weiß.

»Und was macht ihr da?«, rief Farid nun aus dem Wohnzimmer.

»Ada?«

»Wo?«, fragte Ada, atmete durch, ließ ihre hochgezogenen Schultern sinken und ging ins Wohnzimmer. Sie sah die alte, aufgerissene Tafel Schokolade, den leeren Joghurtbecher, die vielen auf dem Boden liegenden Bücher und dachte, dass ihr Wohnzimmer im Vergleich zu allem anderen gerade sehr geordnet war.

»In Leipzig«, sagte Farid.

»In Leipzig«, sagte Ada.

»Du musst mir nichts erzählen, ich dachte nur ...«

»Nein, nein, schon gut.«

»Und?«

»Was: und?«

»Soll ich wieder gehen, Ada?«

»Nein, nein, gar nicht, wirklich.«

Ada trank einen Schluck, lehnte sich ans Fensterbrett und sagte: »Bin gespannt, wie das morgen bei Reginas Eltern wird. Regina hat noch nie was über ihre Mutter erzählt. Ich glaube, sie ist ziemlich schwierig.«

»Schwierig?«

»Wundert mich nicht, Mütter sind doch immer schwierig.«

»Mütter?«

»Reginas Mutter ist schwierig, deine ist schwierig, meine ist schwierig.«

»Meine ist doch nicht ...«, sagte Farid.

»Schon gut«, sagte Ada. »Lass uns jetzt bitte nicht über deine Mutter reden, ja?«

Farid schwieg.

»Und Fanny findet mich sicher auch schon schwierig.«

»Fanny vergöttert dich, Ada.«

»Es reicht nie, egal, was ich mache, es reicht nicht. Und sie hat recht.«

»Fanny hat mir erzählt, dass du ihr gerade *Momo* vorgelesen hast.«

Ada nickte.

»Und die *Unendliche Geschichte.*«

Ada nickte.

»Und *Mio, mein Mio*«, sagte Farid und fuhr fort: »Ich kann überhaupt nicht vorlesen.«

»Das hat sie mir erzählt«, sagte Ada und lachte. »Du verliest dich öfter als der doofe Paul aus ihrer Klasse.«

»Tja«, sagte Farid. »Solange sie mich immer noch heiraten will.«

Farid ging zu Ada hinüber und strich ihr über die Schulter. »Wirklich ein schönes Blau, steht dir.«

»Das Leben der Anderen«, sagte sie schnell und wendete sich ab.

Farid schaute ihr hinterher.

»Hab ich gerade nochmal im Fernsehen gesehen«, fügte Ada hinzu.

»Alles grau in grau«, sagte er. »So wie Westler sich den Osten vorstellen.«

»Du mochtest den Film doch auch.«

»Überhaupt nicht.«

Aber wir waren doch zusammen drin, dachte Ada. Sie erinnerte sich, wie er beim Essen nach dem Kino von dem Film geschwärmt hatte.

»Das war ein schöner Abend damals«, sagte er.

»Weißt du, was Henckel von Donnersmarck nach dem Oscar gesagt hat? Er trage nur deswegen keinen bodenlangen, weißen Nerz, weil seine Frau ihn bremse«, sagte sie.

»Das passt zu ihm. Weißt du noch? Als der mit dem Oscar in der Hand hier ankam, hat er in die Kameras gebrüllt: Der

Phallus! Der Phallus!«, sagte Farid, während er die rechte Faust in die Luft reckte.

Sie schauten sich an.

»Das Leben der Anderen«, sagte Ada noch einmal.

»Und deins?«, fragte Farid und kam wieder näher.

»Meins?«

Sie blickten sich lange an.

Farid schlich zu Fannys Tür, spähte durch den Spalt, knipste das Licht aus und nickte Ada zu: »Sie schläft.« Dann beugte er sich zu ihr hinüber und strich ihr eine der viel zu kurzen Strähnen hinters Ohr.

Er roch wie früher.

»Ada?«

Die Strähne glitt wieder zurück in ihr Gesicht. Sex mit Farid? Die Frage fühlte sich gerade kein bisschen nach imaginärer Geisterfahrerei an. Dabei hatten sie sich getrennt, weil sie nicht mehr miteinander geschlafen hatten; das war doch der Grund gewesen.

Ada trank einen Schluck und stand auf.

Farid ging im Zimmer herum, hob eine CD-Hülle vom Boden auf und warf den leeren Joghurtbecher in den Papierkorb unter dem Schreibtisch.

Ada legte ihre Hand auf die Kamera.

Farid griff sich die Tafel Schokolade, die auf dem Sofa lag, und brach ein Stück ab, bevor er den Rest sorgfältig wieder in die Silberfolie wickelte und auf den Tisch legte.

»Du räumst meine Wohnung auf«, sagte Ada.

»Gott, Ada, ich verstehe dich wirklich nicht.«

»Aber *sie* versteht dich, ja?«

»Sie?«

»Na, deine Kulturwissenschaftlerin.«

»Du meinst Kirsten?«

»Wie auch immer. Die mit ihrem theoretischen Gerede über Gefühle jedenfalls. Alles ist sofort Teil einer historischen Entwicklung. Und dann diese Frisur.«

Farid grinste: »Ja, die war nichts.«

»Die Kulturwissenschaftlerin?«

»Die Frisur.«

Ada lachte.

Farid hob ein Hemd vom Boden auf und hielt es sich vors Gesicht, dann grinste er sie wieder an: »Sie mochte dich übrigens. Sie hat sogar gesagt, dass sie mir eine Frau wie dich gar nicht zugetraut hätte.«

»Oh, Gott, Farid, laß es! Der eine Abend mit der hat mir gereicht. Es war schrecklich. Wie wir da zu dritt am Tisch saßen, als gäbe es nichts Schöneres«, sagte Ada.

»War das mit dem Abend nicht deine Idee?«

»Ja, ja«, sagte Ada.

»Du hast mir noch nie einen deiner Männer vorgestellt ...«

Ada öffnete das Fenster und schaltete die Kamera ein. Wenn sie jetzt nicht das Thema wechselte, dann würde er es an ihrem Blick sehen – alle, jeden einzelnen Mann, die ganze Höhle voll fremder Bärte.

»Dein Vater spricht nicht mehr mit Sira«, sagte sie schnell.

»Sie spricht nicht mehr mit ihm.«

»Übermorgen drehen wir bei ihnen.«

Farids Augen verengten sich: »Was?«

»Wir drehen bei Regina, bei Olaf, bei deinen und bei meinen Eltern, und danach spielen die Schauspieler nach, was wir gefilmt haben, auf der Bühne, mein ich«, sagte Ada und widmete sich wieder ihrer Kamera.

»Was soll das denn bitte für ein Konzept sein?«

»Olaf verehrt doch Schlingensief so. Nur weil die beiden mal zufällig sechs Stunden im ICE nebeneinander gesessen haben, und Schlingensief ihn danach immer gegrüßt hat. Jedenfalls hat Schlingensief einen Besuch bei seiner Mutter gedreht, mit Helge Schneider. Und Olaf will jetzt auch so was machen. Ich bin mir nicht sicher, ob das was wird, aber ich brauche das Geld.«

»Warum drehst du eigentlich ständig mit Olaf?«, fragte er.

»Weil das Geld gibt«, sagte Ada.

»Und warum Sira?«

»Weil sie Geld braucht.«

»Ach, hör doch auf! Sira will unsere Mutter bloßstellen, will zeigen, wie rückständig oder was-auch-immer sie ist. Dabei ist sie das nicht, und du weißt das auch. Ich verstehe nicht, warum du ihr dabei helfen willst. Du hättest jede andere Assistentin nehmen können, jede.«

»Seit Sira aus Kairo zurück ist, fühlt sie sich wie eine Außerirdische in Kreuzberg. Ihre Freundinnen machen Praktika, basteln an ihren Karrieren rum und reden übers Kinderkriegen. Und sie hat eine Revolution in den Knochen. Und nicht nur das, das weißt du.«

Farid schwieg.

»Zwei Jahre«, sagte Farid. »Zwei Jahre ist das jetzt her, und es geht ihr viel besser, das weißt du. Die Therapie hat ihr gutgetan.«

»Naja«, sagte Ada.

»Ich spreche auch mit ihr«, sagte Farid.

»Du bist ihr Bruder.«

»Ja eben.«

Sie schwiegen.

»Aber das Konzept von deinem ach so experimentellen Regisseur ist mir trotzdem ein Rätsel. Ossis und Migrantenfamilien bloßstellen und dabei so tun, als ob genau das Gegenteil der Fall wäre, oder wie?«

»Seit wann nennst du euch denn eine Migrantenfamilie? Das war doch genau das, was ihr nie sein wolltet.«

»Sind wir auch nicht«, sagte Farid.

»Sag ich ja, du Schöneberger Montessori-Kind. Machst du übrigens öfter in letzter Zeit.«

»Was mach ich in letzter Zeit öfter?«

»Na, einen auf Ägypter.«

»So ein Quatsch, Ada!«

Sie schwiegen.

»Schläfst du mit ihm?«

Ada drehte ruckartig den Kopf.

»Wenn du dich so ins Zeug legst, dachte ich«, sagte Farid mit einem Grinsen, »und jetzt, wo wir geschieden sind.«

Ada wendete sich ab.

»Was machst du da eigentlich?«, fragte Farid mit Blick auf die Kamera.

»Auch wenn dich das überhaupt nichts angeht: Ich schlafe nicht mit Olaf«, sagte Ada und schaute durch den Sucher. Und das stimmte sogar.

»Nein, mit Olaf könntest du natürlich niemals schlafen, weil er dein Regisseur ist, und du nicht zu dieser Art Frauen gehörst. Also was?«

»Was?«

»Na, was läuft da? Das Fenster zum Hof?«, fragte Farid.

Ada schüttelte den Kopf: »Vor kurzem ist ein Paartherapeut ins Hinterhaus gezogen. Die Paare laufen durch den Hof, bleiben eine knappe Stunde oben und kommen wieder zurück. Und ich filme sie heimlich. Der reinste Reigen! Willst du mal sehen?«

Farid nickte und stellte sich neben Ada, wobei sich ihre Schultern berührten. So nahe waren sie sich seit der Trennung nicht gewesen.

»Schnitzler in Schöneberg«, sagte er.

»Naja, Schnitzler. Bei Schnitzler haben die Paare doch Sex. Nicht explizit natürlich, aber in Gedankenstrichen. Und bei denen hier ist das ganze Drama in Vorspiel und Nachspiel. Ein Geständnis, kein Sex, wenn du so willst.«

»Ich?«, fragte Farid und grinste.

Ada sagte lachend: »Schau dir das an! Zuerst denkt man, es geht um die Liebe, aber wenn man genauer schaut, sieht man: Es geht ums Vermeiden.«

Sie standen da, Schulter an Schulter, und betrachteten den Reigen.

»Fanny schläft«, sagte Farid, als das Paar die Szene verlassen hatte, und er sagte es in dieser zärtlich-draufgängerischen Haltung, der sie noch nie widerstehen konnte. Sie hätte sich nur ein bisschen drehen müssen, und schon hätten sie sich geküsst.

»Wir hatten unsere Zeit«, sagte Ada, stellte sich ans Fenster und wusste nicht, warum sie das jetzt gesagt hatte. Der Hinterhof lag still in der Dämmerung, im Yogazentrum brannte noch Licht.

»Ach, Ada.«

»Vielleicht wäre es besser, wenn du jetzt …«, sagte sie.

»Gleich, ich gehe gleich, vorher muss ich dir aber noch was sagen«, sagte Farid. »Ich wollte es dir nicht am Telefon sagen, weißt du …«

Ada drehte sich um.

Farid stand auf und ging eine Weile herum, dann sagte er: »Ich …«

»Ja?«

»Ich …«

»Du?«

»Ich …«

»Du heiratest wieder«, sagte sie.

»Nein, nein, Ada.«

Sie schaute ihn fragend an.

»Doch nicht heute«, sagte er.

»Doch nicht heute?«

»Nein«, sagte Farid.

»Geht es um die Kulturwissenschaftlerin?«

»Hm«, sagte Farid und zog seine Jacke an.

»Bist du jetzt noch mit ihr zusammen, oder nicht?«, fragte Ada.

»Ja, nein, ich weiß nicht.«

»Liebst du sie?«

Er stellte sich ans Fenster und sagte: »Nein, ich weiß nicht, nein, wahrscheinlich nicht.«

»Was soll das denn heißen?«

Sie schwiegen, dann fragte Ada: »Und warum musst du sie mir dann überhaupt als deine Freundin vorstellen, wenn du dir noch nicht einmal sicher bist?«

»Ich dachte, dann sehe ich vielleicht klarer«, sagte er und knöpfte seine Jacke zu.

»Das ist jetzt nicht dein Ernst, oder?«

»Hm?«

»Du benutzt mich, um herauszufinden, ob du sie liebst?«

»Nein, nein, so habe ich das nicht gemeint.«

»Bullshit«, sagte sie.

»Sie ist …«

»Sie ist?«, fragte Ada.

»Sie ist nicht so weich wie du, aber eben auch nicht so hart.«

»War es das, was du mir sagen wolltest?«, fragte Ada.

»Nein.«

»Also dann?«

»Du gibst mir keine Chance, Ada.«

»Ich gebe dir keine Chance?«

Sie schwiegen.

»Warst du mit Fanny eigentlich beim Zahnarzt?«, fragte sie dann.

Farid schaute sie an.

»Warst du?«, wiederholte sie.

»Nein«, sagte er.

Ada erhob sich und schraubte auch das Stativ etwas höher.

»Ich habe es nicht …«, sagte er.

»… geschafft? Das war ja klar. Solche Sachen bleiben immer an mir hängen, immer. Ich will auch mal einen Zahnarzttermin vergessen, ein einziges Mal.«

»Ach, komm, Ada«, sagte Farid. »Das glaubst du doch selbst nicht. Als ob es hier gerade um den scheiß Zahnarzttermin geht.«

»Geh jetzt, bitte.«

»Ich verstehe dich nicht, Ada.«

»Ich weiß«, sagte Ada.

Als Farid gegangen war, stand Ada eine Weile vor der geschlossenen Haustür. Sie ging zum Fenster und schaute in den Hof: kein Paar.

Es war längst dunkel geworden. Das Yogazentrum glimmte leise vor sich hin. Das Rondell der Pflastersteine war gelblich ausgeleuchtet und pulverisiert, so als schickte ein UFO seiner nicht mehr ganz sternenfernen Landung einen auratischen Lichtkreis voraus. Das Ensemble wirkte so seltsam, dass Ada nicht mehr sicher sein konnte, ob das wirklich alles noch architektonisch zu erklären war, oder hier doch eher Gedanken in Gebäude schnitten.

Hinter dem leichten Vorhang, der die Glasfassade des Yogazentrums nach außen hin abschirmte, reckten sich die Hintern in die Luft. Sie bildeten einen Kreis, formten einen Stern und drückten sich gegen den Vorhang, bis er nachgab und sie in den Abendhimmel entließ. Auf dem Weg zum Sternbild des nach unten schauenden Hundes.

Ada streckte die Arme über den Kopf, dehnte sich nach links und nach rechts, versuchte mit den Fingerspitzen den Boden zu berühren und atmete einmal tief ein und aus. Dann ging sie ins Bad, verschloss die Tür, stellte sich unter die Dusche und hielt sich die Brause zwischen die Beine.

Als sie sich abgetrocknet hatte, setzte sie sich mit ihrem Computer aufs Bett und schaute ein Video-Interview von Hélène Cixous an, in dem diese erklärte, warum sie den Begriff *Intellektuelle* ablehnte.

Ein paar Stunden später, als sie immer noch nicht schlafen konnte, schickte sie Farid eine Nachricht: *Bist Du noch wach?* Sie wartete zehn Minuten, dann schickte sie die gleiche Nachricht an Karl.

REIGEN

Der Mann hat einen Strauß weißer Tulpen in der Hand, der eng mit weißem Papier umwickelt ist. Er läuft so neben der Frau her, dass ihr Gesicht verdeckt bleibt. Man sieht nur ihre schmalen, grauen Wildlederstiefel, Teile eines enganliegenden Kostüms, die Ausläufer frisch frisierter, kastanienbrauner Haare und einen kleinen, schwarz-weiß gefleckten Hund, den sie anstelle einer Handtasche trägt. Ihr Schritt verrät, dass sie Beachtung gewohnt ist.

Als der Mann kurz stehen bleibt, um sein Telefon auszuschalten, gibt er ihr Gesicht frei. Es gleicht einem kubistischen Gemälde – so sehr sind Wangen, Mund und Augen gehoben und verschoben, aufgeplustert und gezerrt.

Auf den Treppen hebt die Frau, die wie ein Kätzchen aussehen will, das Hündchen hoch und küsst es auf die zitternde Schnauze.

Nach einer Stunde kommt das Paar zurück. Der Strauß ist jetzt zerknautscht, der Kubismus tränenreich.

Fannys Tagebuch

Papi ist mit reingekommen. Er sitzt da jetzt im Wohnzimmer. Mit der Mami sitzt er da. Und sie reden. Ich hab sogar einen Kakao bekommen. Einfach so einen ganzen Kakao. Ich mag Kakao sehr. Beim Papi krieg ich auch immer Kakao, bei Mami nicht so. Mami findet meine Zähne total wichtig. Die muss ich bei Mami immer putzen, immer, jeden Abend. Und meine Haare. Die muss ich bei Mami auch immer kämmen, obwohl ich das nicht mag. Bei Papi kämmen wir nur manchmal, und ich darf dabei fernsehen.

Mami war ganz komisch gerade. Papi war wie immer, aber Mami war echt komisch. Sie hat fast nichts gesagt, sondern nur so komisch geschaut. Ein bisschen war es auch wie früher, aber eigentlich war es auch gar nicht wie früher. Hauptsache Papi bleibt.

Ich hab ganz viel geredet, damit der Papi noch ein bisschen bleibt. Ich will ja immer, dass der Papi noch bleibt. Und wenn wir beim Papi sind, will ich, dass die Mami noch bleibt. Aber das geht nicht, weil sie dann immer streiten. Immer streiten sie. Manchmal lachen sie auch oder reden, aber eigentlich lachen sie auch fast nie, weil sie sich schon wieder streiten. Wenn ich groß bin, streite ich nie. Ich schwöre es. Ich werde nie streiten. NIE! NIE! NIE!

REIGEN

»Komm schon«, sagt der Mann und pufft die Frau in die Seite. »Lach doch mal, einmal wenigstens!«

Die Frau dreht sich zu ihm hin: »Was soll das?«

»Ich will dich doch nur ein bisschen aufheitern«, sagt er.

»Du musst mich nicht aufheitern.«

»Ok, ok«, sagt der Mann. »Früher ...«

»Früher ...?«

»Ich versuche nur, mit der Situation hier umzugehen. Warum du alles immer so bierernst nehmen musst! Wem hilft das?«

»Du hast mich betrogen«, sagt die Frau und setzt ihren Weg fort.

»Ja, ich weiß, ich weiß, und ich hab mich dafür auch entschuldigt. Es ist vorbei. Einmal und nie wieder. Aber dürfen wir deswegen keinen Spaß mehr miteinander haben?«

Als das Paar eine Stunde später zurückkommt, sagt der Mann: »Der Typ hatte echt Humor, findest du nicht?«

Die Zeit ihres Lebens

Adas Telefon blinkte. Sie ließ ihren Kopf eine Weile über die Bettkante hängen, dann stand sie auf. Sie mochte es, nackt durch die Wohnung zu gehen, aber da sie früher nichts unappetitlicher fand als den Körper ihrer Mutter, warf sie sich ein T-Shirt über, schlüpfte in eine Hose und schlich in Fannys Zimmer.

Fanny schlief tief und fest, ihre Arme und Beine zuckten nicht mehr, sondern lagen nun schlaff und speckig auf dem Laken. Manchmal dachte Ada, dass sie ihre Tochter am leichtesten lieben konnte, wenn sie schlief.

Ada gab Fanny einen Kuss. Dann ging sie zurück ins Schlafzimmer, hob ihr Telefon vom Boden auf und öffnete die eingegangene Nachricht. Ein kleines, rotes Herz. Nicht von Farid, nicht von Karl, sondern von Sira. Sie schickte Sira ein Herzchen zurück. Seit Siras Rückkehr aus Kairo waren sie wie verschworen. Zwei Jahre war das jetzt her.

Ada hatte damals drehfrei, war morgens noch beim Yoga und nachmittags mit Fanny im Park gewesen, dann hatte sie ein paar Telefonate geführt und sich auf den Weg zum Flughafen gemacht. Sie freute sich auf Siras Geschichten von der ägyptischen Revolution. Natürlich wusste sie, dass Sensationslust und gesellschaftliche Umwälzungen nicht zusammenpassten, aber wenn man nicht einmal zu sich selbst passte, was sollte man da tun? Siras Anrufe aus Ägypten klangen tatsächlich wie ein Liveticker von einem Abenteuerspielplatz. Klingelte es mitten in der Nacht, waren Farid und sie sofort hellwach, stellten das Telefon laut und lauschten Sira, der kleinen Sira, die gerade noch auf ihrem Schoß gesessen hatte und jetzt mitten ins Weltgeschehen geraten war.

Damals hatte Farid begonnen, wieder öfter ägyptische Gerichte zu kochen und seine alten Oum Kalthoum-Platten zu hören. Er hatte begonnen, mit Fanny konsequenter Arabisch zu sprechen und seine Eltern wieder täglich anzurufen. Natürlich hatten sie beide Angst, dass Sira in den Tumulten etwas zustoßen könnte, aber da sie ständig mit Tante Seda in Verbindung standen, wähnten sie sie unversehrt.

Doch dann sah Ada Sira am Flughafen ihren Koffer vom Band hieven, als wäre er zentnerschwer. Sie sah, wie Sira den Koffer und sich selbst über den Boden bis zu ihr hin schleifte, und noch bevor sie sich begrüßt hatten, wusste Ada, dass etwas passiert war.

Sira ließ sich ins Auto setzen und nach Hause fahren, sie ließ sich ins Bett legen und über den Kopf streicheln, aber sie sagte nichts, kein einziges Wort.

Kaum waren sie zu Hause angekommen, brachte Farid Schnitzel und Kartoffelsalat, er kochte Tee und hätte ihn Sira am liebsten löffelweise eingeflößt. Sira schluckte, aber sie sagte nichts. So viel sie aus Kairo berichtet hatte, so wenig konnten Ada und Farid sie jetzt dazu bringen, auch nur ein Wort darüber zu verlieren, was geschehen war.

Wenn Ada und Farid sich über Alltäglichkeiten unterhielten, nahm sie an der Unterhaltung teil, wenn sie ihr etwas zu essen oder zu trinken brachten, bedankte sie sich; sie ging ans Telefon, um Treffen mit Freunden zu verschieben, aber über Ägypten sprach sie nicht. Sie erzählte, dass sie die Beziehung mit Markus bereits in Kairo am Telefon beendet habe, und es deswegen keinen Grund gebe, sich bei ihm überhaupt zu melden. Doch all das waren nur Beschwichtigungen, in Wahrheit schwieg sie, und ihr Schweigen war abwechselnd zentnerschwer und federleicht, so als wäre das Grauen ein Witz.

Ada und Farid wussten nicht, ob sie Sira zwingen sollten, zum Arzt zu gehen, und ob sie hinter ihrem Rücken eine Psychologin einschalten sollten. Sie waren ratlos. Also kochte Farid um ihr Leben. Zuerst briet er Lamm und Huhn und festen, weißen Fisch, und dann, als Sira das alles liegen ließ, begann er Gemüse, Kartoffeln und Kichererbsen zu stampfen. Als sie auch den Brei nicht zu sich nahm, fing Farid an zu mixen und zu pürieren. Er kochte Suppen und seihte sie ab, er reduzierte sie immer mehr, bis er ihr klare Brühen servierte, auf die er ein Petersilienblatt legte, das obenauf schwamm wie eine Rettungsinsel.

Irgendwann packte er schweigend Siras Sachen und brachte sie zurück in ihre WG, in der die Mitbewohnerin gerade dabei war, einen Duschvorhang zu montieren. Er rief wieder und wieder in Kairo an, um herauszufinden, was Sira widerfahren war, doch keiner wusste es. Sira sei am Tag von Mubaraks Rücktritt ein paar Stunden von ihnen getrennt gewesen, sagte Nahla, nur ein paar Stunden, danach sei sie nach Hause gekommen und hätte sich sofort in ihr Zimmer verkrümelt, und nein, von einem Überfall hätte sie nichts erwähnt.

Farid rief einen befreundeten Rechtsanwalt an und fragte ihn, ob es wirklich zu den Überfällen auf junge Frauen gekommen sei, von denen die westlichen Medien berichteten. In den ersten Tagen der Revolution nicht, sagte sein Freund, da war alles so friedlich und harmonisch wie noch nie zuvor, aber später: ja. Später, wann später?, fragte Farid. Nach Mubaraks Rücktritt, sagte der Freund. Und wie das alles zu erklären sei, fragte Farid, ohne eine Antwort zu erwarten. Der Freund seufzte und sagte, Farid wisse doch, wie die Situation in Kairo sei, Frauen würden ständig belästigt, überall und natürlich am meisten dort, wo es unübersichtlich werde. Unübersichtlich?, fragte Farid. Der Freund schwieg eine Weile, dann sagte er, es könnte sich in diesem Fall aber auch um einen angeheuerten Trupp von Männern handeln, die Frauen gewaltsam einschüchtern sollten. Davon habe er auch schon gehört.

»In welchem Fall?«, schrie Farid. »Von was für einem Fall sprichst du?«

Doch der Freund fuhr fort, diese Männer machten gezielt Jagd auf Aktivistinnen, aber es gebe auch oft Verwechslungen. Und wahrscheinlich sei es das auch nicht gewesen. Das hatte erst später angefangen. Es tue ihm leid, er wisse es nicht. Er wisse es wirklich nicht.

Farid schwieg.

Der Freund fragte dann noch, ob Sira eine Aktivistin gewesen sei, und Farid antwortete: »Sie war zu Besuch.«

Dann legte er auf und begann zu weinen.

In den Tagen darauf telefonierte Farid mit allen, die er in Kairo kannte. Einige Väter waren überzeugt, dass ihre Töchter nicht mehr unbehelligt auf die Straßen gehen konnten, andere machten sich lediglich über die stümperhaften Übergriffe von Taxifahrern lustig.

Als Siras Medizinstudium begann, hatte sie fünf Kilo verloren und ihr Zopf war zu einem Drittel ausgedünnt.

Farid schickte stoisch weiter Köstlichkeiten aus seinem

Feinkostladen in ihre WG, und Ada legte sich abends regelmäßig zu Fanny in das viel zu enge und kleine Kinderbett, bis der Morgen graute und sie sich vor Rückenschmerzen kaum noch rühren konnte. Zum Frühstück machte sie ihr Kakao, den es sonst nur an den Wochenenden gab, und zuckerte ihn so stark, dass er der Welt seine geballte Süße entgegenhalten konnte.

REIGEN

Das Paar läuft durch den Hof. Die Frau tippt auf ihrem Smartphone herum, der Mann tippt auf seinem Smartphone herum. Gleichzeitig tauschen sie sich über das gemeinsame Wochenende mit Freunden aus.

Sie gehen in einem Abstand nebeneinander her, der sich weder verringert noch vergrößert. Bestriche man ihre Fußsohlen mit Farbe, wären zwei parallele Linien sichtbar.

Eine Stunde später verabschieden sie sich noch im Hof.

Der Tag der Polizei

25. Januar 2011.

Sie saßen beim Mittagessen. Tante Seda schob eine Schüssel nach der anderen in Siras Richtung, aber Sira saß vor ihrem vollen Teller und konnte nichts essen. Sie hatte es auch schon gesagt, aber die Schüsseln kamen trotzdem immer näher.

»Wie schade!«, sagte Nahla. »Heute ist so ein besonderer Tag, und du musst kotzen.«

»Es geht schon«, sagte Sira. »Das habe ich manchmal.«

»Hoffentlich«, sagte Nahla. »Also: Gehen wir nochmal die Liste durch.«

»Welche Liste?«, fragte Tante Seda und goss Sira Tee nach.

»Die Liste mit den Dos and Dont's. Haben sie über Facebook rumgeschickt«, sagte Nahla, schaute auf ihr Smartphone und las laut vor: »Zusammenbleiben, Wasser mitnehmen, Handys checken, nicht in die vorderen Reihen gehen, sich zurückhalten ...«, dann ließ sie ihr Smartphone wieder sinken und sagte: »Ich bin so aufgeregt! Ich weiß nicht, ob ich jemals so aufgeregt war.«

»Ich auch, total«, sagte Sira und musste aufstoßen.

Tante Seda holte Obst aus der Küche und stellte den Teller direkt vor Sira hin. Sira rückte mit ihrem Stuhl ein Stück vom Tisch ab.

»Bin so gespannt, wie viele wir heute werden«, sagte Nahla.

»Vielleicht haben auch alle nur eine große Klappe«, sagte Onkel Danyal.

»Kann sein«, sagte Nahla. »Aber dass wir überhaupt gehen, ist doch toll!«

»Das haben wir den Tunesiern zu verdanken«, sagte Onkel Danyal.

»Noch was«, sagte Nahla, die weiter auf ihrem Smartphone las: »Hast du deine SMS geschrieben?«

»Ja«, sagt Sira.

»Was für eine SMS?«, fragte Onkel Danyal.

»Falls sie festgenommen wird«, sagte Nahla.

Tante Seda drückte Siras Arm: »Keine Sorge. Ist nur zur Sicherheit. Wenn du bei Nahla bleibst, passiert dir nichts.«

» Wann gehen wir?«, fragte Sira.

»Wir warten noch auf Aziz und Walid.«

»Kenn ich die?«, fragte Sira.

»Sind mit mir auf der Uni. Aziz war schon bei der 6.-April-Bewegung dabei, oder vielleicht war es auch sein älterer Bruder, weiß nicht so genau. Und Walid hat schöne Augen, findet Myriam.«

»Hat er doch auch«, sagte Myriam. »Sehr schöne sogar.«

»Vielleicht ist er ja was für dich, Sira«, sagte Tante Seda.

»Obwohl er ein Aktivist ist«, sagte Nahla, zerlegte das Wort ›Aktivist‹ in seine Silben und verdrehte dabei die Augen.

»Ja, ganz recht, Nahla, obwohl er ein Aktivist ist. So sehr wir euch heute unterstützen, so sehr muss man wissen, was geht und was nicht geht. Und manche übertreiben es eben und verbauen sich damit ihre Zukunft. Übertreibung ist nie gut, selbst dann nicht, wenn man so schöne Augen hat wie Walid«, sagte Tante Seda.

»Niemand übertreibt«, sagte Nahla.

»Das muss Sira auch erst mal nicht interessieren«, sagte

Tante Seda. »Walids Vater ist Arzt, die Familie wohlhabend, und, wenn er so weitermacht, wird er bald einen guten Job bekommen. Dann ist das mit dem Aktivismus sowieso ganz schnell vergessen.«

»Hätte mich auch gewundert, wenn es heute mal nicht um meinen Zukünftigen gehen würde«, sagte Sira und stand auf.

»Bist du sicher, dass du nichts essen willst?«, fragte Tante Seda.

»Kein Essen und keinen Mann«, sagte Sira. »Mir ist schlecht.«

»So ein Mist, wirklich«, sagte Nahla noch einmal. »Ausgerechnet heute!«

Da klingelte es. Nahla öffnete die Tür, und herein kam ein etwas untersetzter, junger Mann mit vernarbtem Gesicht.

»Hallo, Aziz«, sagte Tante Seda.

»Es ist jetzt wirklich höchste Zeit aufzubrechen«, sagte Nahla. »Bis wir auf dem Tahrir-Platz sind, kann es dauern.«

Sira zog sich einen Anorak über, als sie Walid im Gang stehen sah. Seine Augen waren wirklich schön, aber nicht nur seine Augen, auch seine Haare, sein Mund, seine Schultern.

»Hallo«, sagte Walid. »Du bist Sira, oder?«

Sira nickte.

»Hab schon von dir gehört. Und von Berlin auch. Coole Stadt.«

»Hm«, sagte Sira und musste lächeln.

»Vielleicht wird es hier auch bald so cool wie in Berlin«, sagte Walid.

»Hm, sicher«, sagte Aziz.

»Alles ist möglich«, sagte Walid. »Hättest du noch vor einem Jahr gedacht, dass wir heute auf so eine Demo gehen?«

»Stimmt«, sagte Nahla.

Sira lehnte sich an die Wand und versuchte, tief ein- und auszuatmen.

»Willst du wirklich mitkommen?«, fragte Nahla jetzt. »Vielleicht bleibst du doch lieber zu Hause. Wird ja nicht die letzte Gelegenheit sein.«

»Es geht mir besser«, sagte Sira, und Walid schaute ihr eine Sekunde zu lang in die Augen.

»Wie du meinst«, sagte Nahla.

»Sonst gehe ich eben wieder zurück«, sagte Sira.

»Falsch!«, sagte Aziz prompt. »Oberste Regel: Wir trennen uns nicht. Was auch passiert, wir bleiben zusammen.«

»So habe ich das nicht gemeint«, sagte Sira, die jetzt rot wurde.

Aziz schaute sie ungeduldig an.

»Wir bleiben zusammen«, sagte Walid.

»Ich ...«, begann Sira, aber Nahla nahm sie in den Arm und sagte: »Keine Sorge, sie ist cool. Ihr werdet euch noch wundern, wie cool sie ist.«

Sira versuchte, sich nicht anmerken zu lassen, wie sehr sie Nahlas Satz freute, auch wenn er natürlich überhaupt nicht der Wahrheit entsprach.

»Das glaube ich sofort«, sagte Walid. »Und vielleicht passiert ja gar nichts. Vielleicht sind wir in ein paar Stunden alle wieder zurück.«

Sira hatte Angst vor Massen. Sie hatte Angst, etwas Falsches zu tun, etwas Falsches zu sagen und sich wie eine Touristin zu benehmen. Sie hatte sich schon in ganz anderen Situationen wie eine Touristin benommen. Wenn sie mit Freunden ins Konzert gegangen war, und alle um sie herum die Arme hochrissen, tanzten, verzückte Gesichter machten und mit der Musik und der ganzen Welt verschmolzen, dann war sie immer nur Zuschauerin geblieben. Und jetzt eine Demo in Ägypten mitten auf dem Tahrir-Platz?

»Habt ihr alle eure Telefone dabei und funktionieren sie auch?«, fragte Tante Seda. »Sind sie voll aufgeladen?«

Alle nickten.

»Wir hätten das Gleiche getan«, sagte Onkel Danyal und verabschiedete sie mit einer langen Umarmung. »Ihr müsst alle marschieren, wenn es überhaupt was bewirken soll.«

Sira löste sich aus der Umarmung und ging festen Schrittes als erste aus der Tür.

»Warum hatte Myriam eigentlich ihre Sportklamotten an?«, fragte Sira im Aufzug. »Will sie an einem Tag wie heute echt Tennis spielen?«

»Ja«, sagte Nahla. »Sie spielt Tennis. Na und?«

»Ich find's komisch«, sagte Sira und war sich insgeheim nicht sicher, ob es nicht eine viel bessere Idee war, gerade an einem Tag wie heute Tennis spielen zu gehen.

»Toll, dass du mitkommst«, sagte Walid.

Ja, dachte Sira, aber gleichzeitig fühlte sie sich unwohl. Sie fühlte sich wie eine Teilzeit-Ägypterin, wie eine Deutsche mit ägyptischer Sommer-Identität. Diese Mischung verlieh ihr in Berlin eine gewisse Attraktivität, aber hier machte sie diese Mischung zu einem politischen Leichtgewicht, und genau aus diesem Grund konnte sie es sich nicht leisten, zu Hause zu bleiben.

Sie setzten sich ins Auto und fuhren los. Sira kurbelte das Fenster herunter, weil die Übelkeit wieder in ihr aufstieg.

»Alles klar?«, fragte Walid.

»Hm«, sagte sie.

»Ist ja nicht selbstverständlich, dein Leben für unseres zu riskieren«, sagte er.

Euer Leben ist auch *mein* Leben, wollte sie sagen.

Nahla nahm ihre Hand: »Unser Leben riskieren? Davon spricht doch keiner, Walid!«

»Man weiß nie«, sagte Walid. »Hier sind Menschen schon aus ganz anderen Gründen ermordet worden.«

Aziz' Telefon klingelte, er ging dran, gab ein paar zustimmende Laute von sich und legte wieder auf. Dann sagte er: »Das war Yasser. Er ist schon da. Der Platz füllt sich langsam. Endlich! Ich hatte schon Schiss, dass wir alle nur Internet-Schwätzer sind!«

»Heute Morgen gab es noch ein Post auf der *We are all Kahled Said*-Seite. Habt ihr das gelesen?«, fragte Walid. »›Eine Demonstration ist wie eine Wassermelone. Man weiß erst, ob sie gut ist, wenn man sie aufgeschnitten hat. Ich habe eine schlechte Melone erwischt.‹«

»Aber jetzt strömen die Menschen nur so auf den Platz. Schaut euch das an! Ist ja irre! Gib Gas, Nahla, gib Gas!«, sagte Aziz.

Und tatsächlich: Je näher sie dem Tahrir-Platz kamen, desto dichter wurde das Treiben. Von überall her liefen die Demonstranten auf den Platz zu, überall sahen sie erwartungsvolle Gesichter; einige schwenkten ägyptische Fahnen, andere trugen die rot-weiß-schwarzen Streifen noch zusammengerollt in den Händen. Und an jeder Ecke waren Polizisten mit diesen riesigen grünen Autos postiert, die wie Abschleppwagen aussahen. Die Polizisten mit ihren schwarzen Helmen und schusssicheren Westen wirkten gleichzeitig furchteinflößend und albern.

Sira, Nahla und die anderen parkten, stiegen aus und gingen los. Die Polizei hatte den Platz abgeriegelt, aber als sie bei den Posten ankamen, wurden sie dennoch durchgelassen.

»Was haben sie vor?«, fragte Walid.

»Vielleicht gar nichts«, sagte Aziz. »Vielleicht lassen sie uns einfach passieren. Vielleicht wollen sie auch, dass Ägypten sich ändert.«

»Klar«, sagte Nahla. »Der Tag der Polizei als großes Friedensangebot.«

Heute war der Tag der Polizei, ein nationaler Feiertag, der an den Sieg der ägyptischen Polizisten über die britischen Panzer erinnern sollte, an die Toten, die Helden, die ihr Leben für Ägypten gelassen hatten.

Sira war schon oft auf dem Tahrir-Platz gewesen, doch heute wirkte er anders, nicht mehr nur riesig, chaotisch und verwirrend mit seinen zahlreichen Zufahrtsstraßen und seinem gigantischen Kreisverkehr, nicht mehr nur hässlich mit seinen heruntergekommenen Hochhäusern und seinen verwahrlosten Balkonen, sondern eher wie ein Kraftzentrum. Sira sah, wie die Demonstranten die kreisförmige Grünfläche in der Mitte bevölkerten. Die Stimmung war so euphorisch, dass ihr vor Rührung die Tränen in die Augen stiegen. Nahla sah das und nickte: »Ich auch, Sira, ich auch.«

Kurz darauf trafen sie einen Freund, der ihnen erzählte, dass er mit einer Gruppe von Demonstranten in der Kasr-el-Eini-Straße von Zivilpolizisten eingekesselt worden sei, dann aber einen Durchstoß durch die Polizeireihen gewagt habe und mit einigen anderen auf eine weitere Front von Sicherheitskräften gestoßen sei; ein Demonstrant sei brutal zusammengeschlagen worden.

»Sie meinen es ernst«, sagte er. »Es sah aus wie in einem dieser großen Schlachtenfilme, Hollywood, Breitbild, aber es war real, total real. Ihr könnt euch nicht vorstellen, wie krass das alles war.«

Auf dem Platz selbst waren die Menschen noch unbehelligt. Hier hatte anscheinend noch keiner etwas von den Zusammenstößen ein paar Straßen weiter mitbekommen. Sira hatte noch nie in ihrem Leben so viele hoffnungsvollerstaunte Gesichter gesehen.

»Du siehst wieder besser aus«, sagte Walid. »Hätte mich auch gewundert, wenn das hier nicht stärker wirken würde als so ein doofer kleiner Infekt! Wahnsinn, oder?«

»Ja«, sagte Sira. »Wahnsinn!«

Nahla entdeckte einige Gesichter von bekannten Aktivisten: »Schau mal: dort, da ist Alaa Al Aswani. Und Ayman Nur. Und da drüben: Seine Frau ist auch da. Sie ist so toll. Gamila Ismail.«

Um sie herum waren jetzt Sprechchöre zu hören: »Brot! Freiheit! Menschenwürde!«, »Lang lebe Ägypten!« Und immer wieder brach Jubel aus.

»Bleibt auf dem Platz«, rief ein Mann durch ein Megaphon. »Bleibt hier und habt keine Angst: Es kommen noch mehr, Tausende werden kommen.«

Ein anderer rief: »Frauen, bleibt hier! Wir werden wie Brüder und Schwestern nebeneinander schlafen, wir werden alle zusammen hier bleiben. Gamila Ismail ist auch da. Habt keine Angst!«

Nahla strahlte, griff Sira am Arm und rief: »Ist es nicht unglaublich? Sira! Ich fasse es nicht. Siehst du das? Ich meine, siehst du, was hier gerade abgeht?«

»Krass!«, sagte Aziz. »Ich träume.«

»Wenn wir so weitermachen, ist alles möglich«, sagte Nahla. »Alles!«

»Das Volk will das Regime stürzen!« war nun zu hören und vereinzelt, dann aber immer kräftiger: »Verschwinde!« Sira ging an Nahlas Hand und sah, wie die Menschen zu zehnt oder zu zwanzigst zusammenstanden, um einem Redner zuzuhören, der sich ein Megaphon besorgt hatte und auf den Schultern eines anderen von einem gerechteren Ägypten schwärmte; sie sah, wie sich Cousins und Cousinen begrüßten, wie sich Junge und Alte, Kopten und Moslems um den Hals fielen. »Wir sind alle Ägypter«, hörte sie wieder und wieder, aber auch die ersten Sirenen aus der Ferne.

Irgendwann drückte ein junger Mann ihr eine ägyptische Fahne in die Hand, und sie begann sie zu schwenken, zuerst zaghaft, dann immer kraftvoller, bis sie gar nicht mehr merkte, wie sie ihren Arm durch die Luft zog. Durch das Schwenken der Fahne ermutigt, versuchte sie, sich aus den Satzfetzen, die sie aufschnappte, einen Reim zu machen, auch wenn sie sich wunderte, dass inmitten des ganzen Trubels überhaupt ernsthafte Diskussionen möglich waren. Nach einer Weile beteiligte sie sich sogar an den Gesprächen, wiederholte irgendwelche Sätze und gehörte dazu.

»Ja«, rief sie jetzt, so laut sie konnte. »Wir sind ein Volk!«

Immer mehr Menschen bauten ihre Zelte auf, und Walid sagte: »Kommt, wir fahren schnell nach Hause und holen ein paar Decken! Außerdem brauchen wir was zum Essen – für uns und die anderen, die Nacht wird lang.«

Sira machte ein paar Fotos und wollte sie Ada und Farid schicken, aber die Internetverbindung funktionierte nicht. Dann brachen sie auf. Es dauerte lange, bis sie ihr Auto erreicht hatten. Zwischendurch wurden sie immer wieder angesprochen: »Bleibt! Wir müssen alle bleiben!« Und sie versicherten, so schnell wie möglich wieder zurückzukehren.

Inzwischen war es dunkel geworden. Auf der Brücke des 6. Oktober bewegten sich die Autos nur meterweise vorwärts. Auf dem Platz musste es, kurz nachdem sie ihn verlassen hatten, zu Tumulten gekommen sein. Die Polizei hatte die Demonstranten angegriffen. Hunderte waren auf die Brücke gelaufen und brachten den Verkehr zum Erliegen.

Sira lehnte sich zurück und schloss die Augen. So sehr die Euphorie der letzten Stunden auf sie übergegangen war, so sehr wollte sie jetzt nach Hause. Seit sie im Auto saß, hatte sich die Aufregung in Erschöpfung verwandelt. Nahla, Walid und Aziz hingegen waren immer noch aufgekratzt, diskutierten lautstark darüber, ob es richtig sei, Mubarak jetzt abzusetzen oder damit doch lieber bis zur nächsten Wahl zu warten.

Von hier oben war nur ein kleiner Teil des Tahrir-Platzes einzusehen, aber man konnte trotzdem erkennen, dass ein erstes Auto in Flammen stand. Tränengas zog von dort in ihre Richtung. Die Sirenen waren jetzt deutlicher zu hören und Geschrei, überall Geschrei.

»Was ist das?«, fragte Sira.

»Tränengas vielleicht«, sagte Walid.

»Echt?«, fragte Nahla.

»Lasst ja die Fenster zu!«, sagte Walid.

»Was ist passiert?«, fragte Aziz.

»Was wohl?«, fragte Nahla. »Sie lösen die Demo auf.«

»Gut, dass wir hier in Sicherheit sind«, sagte Sira.

Aziz schaute sie entgeistert an: »Was? Wovon redest du? Willst du jetzt etwa nach Hause? Jetzt, wo es endlich losgeht. Wir müssen zurück, sofort. Ich gehe, ihr parkt den Wagen und kommt nach, ok?«

Aziz sprang aus dem Wagen.

»Gut«, sagte Nahla und dann zu Sira gewandt: »Nimm es ihm nicht übel, er meint es nicht persönlich. Wir sind alle aufgeregt.«

»Schon gut«, sagte Sira.

Aziz war nach ein paar Metern wieder umgedreht und beugte sich nun mit einem Taschentuch vor dem Gesicht durch das spaltweit geöffnete Fenster zu Walid herein. »Du bleibst bei den Mädchen. Bleibt zusammen, was auch passiert, versprochen? Und haltet euch was vors Gesicht. Das Tränengas ist heftig.«

»Geht klar. Pass auf dich auf!«, sagte Walid und schloss das Fenster wieder.

Dann war Aziz verschwunden. Er lief die Brücke hinunter Richtung Tahrir-Platz.

»Sollen wir Vater anrufen? Er kann dich hier abholen«, sagte Nahla, doch Sira schüttelte den Kopf.

Und da verstand Sira auf einmal überhaupt nicht mehr, warum Nahla ihr Leben für ein gerechteres Ägypten aufs Spiel setzte. Wenn sie arm gewesen wäre, wenn sie nichts mehr zu verlieren hätte, dann hätte sie es verstanden; wenn ihre Freunde oder Familie im Gefängnis gesessen hätten, gefoltert und bedroht worden wären, dann vielleicht, aber aus reiner Solidarität? Sie befand sich doch erst am Anfang ihres Lebens. Sie studierte an einer der besten Universitäten des Landes, sie hatte eine intakte Familie, eine Zukunft, sie hatte alles, was sie brauchte, und das wollte sie jetzt hier riskieren?

»Sira? Nimm das Auto und fahr nach Hause, wirklich. Es ist nicht dein Leben hier und keiner weiß, was jetzt passiert«, sagte Nahla, als hätte sie ihre Gedanken gelesen.

»Ich …«, sagte sie.

»Das ist kein Spaß mehr«, sagte Nahla.

»Es geht mir nicht um Spaß«, sagte Sira, und während der Satz so in der Luft hing, dachte sie, dass sie überhaupt nicht wusste, um was es ihr hier ging, ob es ihr hier überhaupt um etwas ging und ob es ihr in ihrem Leben je um etwas gegangen war, wusste sie schon gar nicht. Sie wusste nur, dass sie es sich nie verzeihen würde, wenn sie sich jetzt abholen ließ, obwohl sie absolut nicht bereit war, für ein Land zu sterben, für welches auch immer.

»Verzeih, ich wollte dich nicht verletzen, ich will nur nicht, dass wir dich in was reinziehen«, sagte Nahla. »Und wahrscheinlich dramatisiere ich auch gerade ein bisschen.«

»Ich weiß, was ich tue«, sagte Sira, und auch der Satz war gelogen. Sie hatte nie weniger gewusst, was sie tat, als in diesem Moment auf der Brücke des 6. Oktober angesichts des Szenarios, das ihr mit jeder Minute irrealer vorkam.

Zum Glück standen die Autos still, zum Glück hatte sie noch ein bisschen Zeit, um herauszufinden, um was es für sie hier ging in dieser Stadt, die für sie bis zu diesem Moment mit Ferien verbunden war, mit Ferien und dem Gefühl, Mitglied einer Großfamilie zu sein.

»Ich bleibe«, sagte Sira nach einer Weile, und es kam ihr vor, als habe nicht sie diesen Satz gesprochen, von so weit her kam er. »Aber ihr müsst mir versprechen, dass wir nicht mittenrein gehen.«

»Wenn irgendjemand wüsste, was mittenrein ist ...«, sagte Walid und schaute sie an.

»Werden sie auf uns schießen?«, fragte Sira. »Ich meine mit echter Munition, nicht mit Tränengas?«

»Auch das weiß keiner«, sagte Nahla.

»Ich habe gehört, sie benutzen Gummigeschosse«, sagte Walid. »Und sie schießen ins Gesicht.«

»Das ist ja beruhigend«, sagte Sira und versuchte, einen ironischen Ton anzuschlagen: »Kannst du mir wenigstens versprechen, dass wir diese Woche nicht sterben?«

Nahla lächelte schief zurück, als sie sagte: »Ich verspreche es dir.«

»Ich auch«, sagte Walid. »Ich verspreche es dir auch. Diese Woche nicht.«

»Und außerdem«, sagte Nahla. »Wir haben schon so viel erreicht heute. Und selbst wenn niemand weiß, wie es weitergeht, das war der schönste Tag meines Lebens.«

Sira schaute aus dem Fenster. Vor einer Stunde hätte sie diesen Satz noch verstanden.

Dann setzte sich der Verkehr in Bewegung, und sie waren am Ende der Brücke angelangt. Sie stellten den Wagen ab, hielten sich Taschentücher vors Gesicht und gingen Hand in Hand auf eine Gruppe Polizisten zu. Das Atmen fiel ihnen schwer und ihre Handys klingelten ununterbrochen. Freunde, die sich auf dem Platz befanden oder über einen der zahlreichen anderen Zugänge versuchten, ihn zu erreichen, berichteten, dass es nur so vor Polizisten und Zivilpolizei wimmelte, dass überall Checkpoints aufgebaut seien und reihenweise Demonstranten festgenommen würden. Man habe auch Aziz gesehen, wie er in einen Wagen geschoben worden sei. Die Sprechchöre waren jetzt ohrenbetäubend laut: »Lang lebe Ägypten!«

»Siehst du, da drüben«, sagte Nahla und steckte ihr Handy in die Stiefel, »das sind alles Zivilpolizisten.«

Sira fragte sich, wie Nahla sich so sicher sein konnte, da rissen drei der Männer einen Demonstranten zu Boden. Ein vierter kam hinzu und zückte seine Waffe.

Sie liefen weiter und erreichten die Kreuzung, an der die großen grünen Wagen standen. In so einem Wagen wurde Aziz angeblich festgehalten. Nahla machte sich los und ging direkt auf einen der Polizisten zu. Sira versuchte noch kurz, sie davon abzuhalten, aber Nahla schüttelte sie ab. Schnell duckte Sira sich hinter Walid weg.

»Wir suchen einen Freund«, sagte Nahla und nannte Aziz' Namen. »Haben Sie ihn festgenommen? Ist er hier?«

Der Polizist musterte sie von oben bis unten: »Was soll das? Warum läufst du hier so spät noch herum? Wenn ich dein Vater wäre, würde ich dir das verbieten. So was gehört sich nicht. So was machen nur Schlampen.« Damit scheuchte er sie weg.

»Hat er dich gerade eine Schlampe genannt?«, fragte Sira.

Nahla bebte: »Wie der mich nennt, ist mir egal, aber Aziz? Was sollen wir nur machen? Wie sollen wir jetzt herausfinden, wo er ist?«

Sie gingen weiter, und je näher sie dem Platz kamen, desto dichter wurde der Rauch. Die Demonstranten liefen kreuz und quer, versuchten, der Polizei zu entkommen. Es herrschte eine heillose Aufregung. Sira schloss die Augen, um sich kurz von dem Rauch zu erholen. Sie wollte zurück, sie wollte nach Hause. Ihre Eltern waren Ägypter, sie nicht, oder jedenfalls nicht genug, um hier zu sterben. War sie gerade noch hin- und hergerissen, wurde sie jetzt wütend. Sie hasste Massen, sie fuhr keine Loopings auf dem Volksfest, sie probierte keine Drogen aus, sie mochte das alles nicht und jetzt sollte sie cool bleiben angesichts von brennenden Wagen und Tränengasbomben?

Sie lief weiter. Bei Nahla und Walid zu bleiben, erschien ihr trotz allem sicherer, als sich alleine ihren Weg zurückzubahnen.

»Geht's?«, fragte Walid und nahm ihre Hand.

Sira brach in Tränen aus. Ihre Lungen krampften sich zusammen. Sie war enttäuscht und verzweifelt. Die Polizei hatte in einer halben Stunde alles zerstört. Der Platz war geräumt, Aziz verhaftet.

Walid sagte: »Egal, wie dieser Tag endet, er wird in die Geschichte eingehen, als ein guter Tag, als ein verdammt guter Tag!«

Nahla strahlte ihn an. Sira nickte, obwohl ihr nicht danach zumute war.

Da lichteten sich die Rauchschwaden für einen kurzen Moment, und Sira erkannte, dass doch noch Hunderte von Demonstranten auf dem Rondell in der Mitte des Platzes saßen und der Polizei nicht wichen.

»Schaut dort!«, rief Nahla, als gerade ein Wasserwerfer auf die Sitzblockade zufuhr und seinen Strahl direkt auf die Sitzenden richtete. Einige der Demonstranten kippten um, andere schrien, einige wenige rannten davon. Siras Augen brannten, die Übelkeit, die sie vor lauter Anspannung die letzten Stunden kaum noch gespürt hatte, stieg nun wieder in ihr auf. Sie ließ Walids Hand los. Sie wollte nur noch weg, egal, was die anderen von ihr dachten, egal, was sie selbst von sich denken würde, egal, ob heute ein verdammt guter Tag war oder nicht, sie wollte in das weiche, warme Bett im Haus ihrer Tante fallen, sie wollte etwas trinken und sie wollte mit Farid und Ada sprechen und vielleicht sogar mit Markus.

»Wir gehen«, sagte Nahla plötzlich. »So, wie das hier aussieht, ist das erst der Anfang. Lasst uns nach Hause gehen. Wir müssen uns besser vorbereiten.«

Sira atmete stoßartig aus und blieb stehen.

»Sira? Wir gehen«, wiederholte Nahla.

Sira versuchte, einen Schritt nach vorne zu machen, aber es gelang ihr nicht. Nahla nahm ihre Hand, und zog sie wie ein störrisches Kind hinter sich her: »Komm, gleich sind wir zu Hause.«

Und so verließen sie den Platz und den Rauch, sie verließen die Demonstranten, die auf dem Platz ausharrten, die Polizisten und Sicherheitskräfte und fuhren nach Hause.

Mit einem solchen Ausgang der Geschichte hatte Sira am wenigsten gerechnet. Sie fanden ein Taxi, das etwas abseits des Platzes an einer Ecke stand, und ließen sich zu der Straße bringen, in der ihr Auto parkte. Keiner von ihnen sagte etwas.

Als sie ungefähr zehn Minuten lang gefahren waren, kam es Sira bereits so vor, als hätte sie all das vor Tagen erlebt, und ihr Atem beruhigte sich wieder. Nahla fuhr Walid zu seinen Eltern, er verabschiedete sich von Sira mit einem Kuss auf die Wange, der sich gut anfühlte, sehr gut sogar, dann waren sie zu Hause.

Als Tante Seda und Onkel Danyal sie in den Arm nahmen, hätte sie vor Freude heulen können, aber sie hielt sich zurück. Aziz war noch nicht wieder aufgetaucht, Hunderte waren verletzt und niemand wusste, wie es weitergehen würde. Trotzdem überwog die Freude. Nahla strahlte und konnte gar nicht aufhören zu erzählen, Onkel Danyal strahlte und selbst Tante Seda strahlte. Sira heulte also nicht, sondern trank Tee und wartete mit den anderen auf Nachricht von Aziz. Als Aziz endlich von zu Hause anrief und berichtete, dass die Polizisten ihn zwar festgehalten, ihm aber keine Gewalt angetan hätten, war sie bereits auf dem Sofa eingeschlafen.

Am nächsten Morgen hörten sie, dass es in Suez den ersten Toten gegeben hatte. Im Internet waren über Nacht Tausende von Fotos und Videos hochgeladen worden, Kundgebungen hatten im ganzen Land stattgefunden, und niemand zweifelte mehr daran, dass gestern etwas Großes geschehen war. Beim Frühstück zeigte Nahla ein Video herum, auf dem ein junger Demonstrant auf einen Wasserwerfer geklettert war und die Kanone in letzter Sekunde noch nach oben hin ausgerichtet hatte, so dass eine Fontäne in den Himmel schoss.

»Daran werde ich mich halten«, sagte Nahla, »an dieses Bild werde ich mich halten. Wir müssen nur lernen, den Strahl umzulenken.«

»Das nächste Mal komme ich mit«, sagte Myriam leise. »Ich werde nichts rufen, ich schmeiße keinen einzigen Stein, aber ich komme mit.«

»Jetzt esst erst mal was«, sagte Tante Seda, »dann sehen wir, wer wann wohin geht«, und ihre Augen glänzten stolz.

Mittags kam Onkel Danyal mit einer Ausgabe von *Al-Ahram* nach Hause. Die Titelseite widmete sich den Protesten im Libanon.

»Weißt du, was ich mich gefragt habe, als ihr weg wart? Ihr habt ja schon mal eine Revolution mitgemacht«, sagte Onkel Danyal und wendete sich Sira zu.

»Wir?«

»Na, deine Eltern«, sagte Onkel Danyal.

Sira stockte.

»Sie haben doch damals gar nicht so weit weg von der Mauer gewohnt, oder?«

»Doch, schon«, sagte Sira.

Farid hatte ihr vor ein paar Jahren einmal erzählt, dass er als kleiner Junge zu Ausflügen an die Mauer mitkommen musste. Er musste dort stehen und die Mauer anschauen. Auf dem Rückweg habe der Vater dann gesagt: »Wie gut wir es haben! Vergiss das nie!«

»Ab wann hat man denn geahnt, dass die Mauer fallen würde?«, fragte Onkel Danyal.

»Spät «, sagte Sira.

Sie hatte keine Ahnung und es interessierte sie auch nicht. Diese ganze aufgeblasene Euphorie um den Mauerfall war ihr immer schon auf die Nerven gegangen.

»Sehr spät«, sagte sie jetzt.

»Na, wie auch immer. Woher sollst du's auch wissen, warst ja noch nicht mal geboren«, sagte Onkel Danyal und winkte ab.

»Eben«, sagte Sira.

Eben.

»Sollte es bei uns auch zu so was wie einer Revolution kommen, dann wird sie garantiert nicht friedlich verlaufen, so viel ist klar. Hier werden Köpfe rollen. Vorher oder hinterher. Eine saubere Revolution wie in Deutschland kriegen wir nie hin.«

»Warum nicht?«, fragte Sira und ging hinaus.

Auf dem Weg ins Gästezimmer hörte sie, wie Tante Seda im Nebenzimmer telefonierte: »Lasst sie machen, Farid!«, sagte sie. »Sira kämpft für ein besseres Ägypten, sie weiß genau, was sie tut.«

Pause.

»Das habe ich deinen Eltern ja auch so erzählt. Sie können das nicht beurteilen, dafür sind sie zu weit weg. Vertrau mir, Farid! Sira muss auf die Straße, und deine Eltern dürfen das nicht wissen. Sie würden es ihr verbieten. Sie würden sie auf der Stelle zurückholen.«

Pause.

»Dann lass ich mich eben von meiner Schwester anschreien.«

Kurze Pause.

»Sie hat die Zeit ihres Lebens«, sagte Tante Seda. »Wir alle haben die Zeit unseres Lebens. Selbst wenn es Opfer fordert. Ägypten ist aufgewacht.«

Sira setzte sich auf ihr Bett.

In den darauffolgenden Tagen waren sie vollends damit beschäftigt, sich für die nächste große Demonstration vorzubereiten, die für den 28. Januar nach dem Freitagsgebet angekündigt worden war. Sie trafen sich mit Freunden und berieten, wie sie sich schützen und wie sie kämpfen wollten. Sira war jetzt Teil einer Bewegung, eines Schwarms, und sie versuchte, so gut es ging, mitzuschwimmen. Auch wenn es ihr schwerfiel bei all den Geschichten, die ihr Nahla abends im Bett erzählte.

Eine von Nahlas Freundinnen war von einem Taxifahrer missbraucht worden. Sie war nicht mit dem Bus gefahren, um den Männern aus dem Weg zu gehen, die mit Zitronen in den Hosentaschen herumstehen und sich von hinten herandrängen. Eine andere Freundin wollte einen Mann anzeigen, der sie angegrapscht hat. Es kam aber nicht zur Anzeige, weil ihre Familie solange auf sie eingeredet hatte, bis sie den Mut verlor. Seither verließ sie das Haus nicht mehr alleine, sondern hatte ihr Leben auf die virtuelle Welt verlegt. Sie demonstrierte jetzt auf *Second Life* für mehr Freiheit.

Zum Glück war Sira nie allein, zum Glück kamen ständig Freunde und Verwandte und die Lieferungen vom Supermarkt, die es auszupacken galt, zum Glück gab es immer etwas zu tun, zu kochen, zu besorgen und zu bereden. Sira wurde mehrfach gebeten, Parolen ins Englische zu übersetzen und auf Plakate zu pinseln. Und mit jeder Übersetzung fühlte sie sich zugehöriger, und mit jedem Schriftzug, den sie in ihrer Handschrift vor sich sah, griffen die Zahnräder weiter ineinander, bis sich die Worte der Revolution in ihre übersetzten.

Mittags diskutierten sie darüber, ob sie sich mit Farbbomben bewaffnen, und ob sie Helme und Masken tragen sollten, und abends verwarfen sie ihre Ideen wieder. Sie entschieden sich dafür, nur einen Mundschutz mitzunehmen, den sie von ihren Ärzte-Eltern bekamen, und ansonsten darauf zu vertrauen, dass sie genug sein würden, um eine kritische Masse herzustellen. Und wenn es ein Mantra gab, das Sira sich in diesen Tagen wieder und wieder vormurmelte, dann war es das der kritischen Masse.

REIGEN

»Was kostet das ganze Theater hier eigentlich?«, fragt die Frau.

»Weiß nicht«, antwortet er.

»Hast du dir keinen Kostenvoranschlag geben lassen?«

»Nein, anscheinend nicht«, sagt er.

»Anscheinend nicht«, wiederholt sie. »Und wer zahlt das dann?«

»Ich«, sagt der Mann.

»Du?«, fragt sie und lacht. »Woher hast du denn das Geld dafür?«

Er schweigt.

Sie bleibt stehen und schaut ihn fragend an, dann ändert sich der Ausdruck in ihrem Gesicht schlagartig: »Das ist jetzt nicht dein Ernst, oder?«

Er schweigt.

»Deine Mutter zahlt unsere Eheberatung?«

»Nur du denkst immer, sie will dich loswerden«, sagt er.

Die Frau macht auf dem Absatz kehrt und verlässt den Hof.

Die Tür fällt ins Schloss.

Der Mann bleibt eine Weile stehen, kämt sich mit den Fingern durchs Haar, richtet seinen Hemdkragen und holt dann sein Telefon aus der Tasche und sagt: »Sie ist gegangen, bevor wir überhaupt drin waren.«

Er lauscht.

»Aber wenn du das vorher wusstest, warum hast du dann …?«

Hohes Gras

Reginas Mutter öffnete die Tür. Sie trug ihren Blaumann mit einer solchen Selbstverständlichkeit, als wäre er ein international anerkanntes Symbol für großstädtische Grandezza, dazu rote Kopfhörer mit abgeblätterten Aufklebern und eine große, schwarze Sonnenbrille. Dabei winkte sie Ada und die anderen bereits herein, als Ada immer noch damit beschäftigt gewesen war, die alles andere als mütterliche Erscheinung mit dem Bild abzugleichen, das sie sich von einer siebzigjährigen Leipziger Ärztin im Ruhestand gemacht hatte.

»Ich muss nur noch schnell den Rasen mähen«, sagte Reginas Mutter mit tiefer Stimme und einem schwer identifizierbaren Akzent, bevor sie durch den Flur ins Wohnzimmer und von dort aus in den Garten des kleinen Hauses verschwand.

»Das geht ja gut los«, flüsterte Olaf und strahlte.

Regina lotste sie ins Wohnzimmer und brachte Wasser und Gläser aus der Küche. Ada schaute ihr hinterher. Die verkörperte Exzentrik der Mutter löste bei Regina weder Stolz noch Scham aus, sie schien sich einfach nicht damit zu identifizieren, so als hätte die Nabelschnur sie nicht mit einem Reservoir derartiger Empfindungen versorgt.

Ada setzte ihre Kamera auf dem Boden ab und flüsterte Regina zu: »Das war deine Mutter?«

»Mit meinen alten Kopfhörern, ja, warum, was hast du denn erwartet?«

Ada zuckte mit den Schultern.

»Dass ich das hier überhaupt mitmache …«, sagte Regina. »Hab über zwanzig Jahre keinen mehr mit nach Hause gebracht.«

Ada schaute sie fragend an, doch dann fiel ihr auf, dass sie auch seit Jahren niemanden mehr zu ihren Eltern mitgenommen hatte.

»Sie hat dich nicht begrüßt«, sagte Ada leise. »Wie lange habt ihr euch denn nicht gesehen?«

»Wie begrüßt dich denn deine? Mit Küsschen links und Küsschen rechts?«

»Schon.«

Reginas Mutter schwang sich jetzt auf einen kleinen, grünen Mähtraktor, der in einer Ecke des überbordend blühenden Gartens parkte, und startete den Motor.

Ada schaute sich um. Irgendetwas fehlte hier. Es gab ein Sofa, einen Teppich, Lampen, es gab einen Esstisch und Stühle, aber irgendetwas fehlte. Der Raum machte nicht den Eindruck, als wohnte hier ein älteres Ehepaar, als fände hier ein Familienleben statt. Das Sofa war weder ausgesessen noch neu, der Esstisch wirkte wie die Schnittmenge aller möglichen Esstische und der Teppich war an einigen Stellen abgewetzt, aber fleckenlos. Es lag keinerlei Kram herum, und die Wände waren kahl. Die Möbel wirkten weder billig noch teuer, schön noch hässlich. Man hätte das alles auch minimalistisch finden können, aber es es war neutral, und diese Neutralität stand in großem Kontrast zur Exzentrik von Reginas Mutter und dem strotzenden Garten.

»Könntet ihr jetzt bitte mal eure Sachen aufbauen?«, fragte Olaf.

Regina beugte sich über ihre Tasche, holte ein Stativ heraus und sagte: »Schon gut, Olaf.«

Ada probierte mehrere Blenden aus. Und während sie durch die Kamera blickte, fiel ihr auf, dass noch etwas fehlte: die Farben. Alles war beige, grau, schwarz und weiß. Das hätte elegant wirken können, wirkte aber farblos.

Habt ihr früher auch schon so gewohnt?, wollte Ada Regina fragen, aber sie fragte es nicht, weil sie nicht wusste, ob das ein Affront war. Sie hatte nicht die leiseste Ahnung, ob es solche Möbel im Osten überhaupt gegeben hatte.

Durch die Terrassentür beobachteten sie nun, wie Reginas Mutter die letzten, über den ganzen Garten versprengten Inseln hohen Grases unter den dickwandigen Reifen verschwinden ließ. Sie fuhr die Bögen, als kurvte sie nicht durch ihren Garten, sondern durch eine Castorf-Inszenierung. Und jetzt wusste Ada auch, an wen sie der Akzent von Reginas Mutter erinnerte.

»Deine Mutter, ich meine, ihr Akzent: Ist das Österreichisch? Sie klingt ein bisschen wie Sophie Rois«, sagte Ada, als sie die Beine ihres Stativs hochzog und justierte.

»Meine Großmutter war Österreicherin. Meine Mutter hat den Akzent kultiviert. Das wäre in Österreich genau das Gleiche gewesen wie in der DDR. Da hätte sie dann eben das Sächsische meines Großvaters vor sich hergetragen.«

»Deine Mutter sieht toll aus für ihr Alter. Und dann dieses Outfit! Als hätten wir es ihr verpasst«, sagte Olaf.

»Hatte eine deiner Frauenfiguren schon mal eine Hose auf der Bühne an? Den meisten rutscht doch der Rock«, sagte Regina.

»Hoch«, fuhr Sira leise fort.

»Hoch«, wiederholte Ada lauter.

»Wer hat denn heute noch ein Problem damit, dass ein Röckchen rutscht? Als ob ihr da nicht drüberstehen könnt!«

Ada schaute zu Regina und wendete sich von Olaf ab.

»Wie hat euch denn eigentlich die Wende erwischt?«, fragte Olaf.

Ada stockte der Atem: So etwas konnte man doch nicht einfach fragen!

»Meine Mutter tat so, als wäre alles kein Problem gewesen. Doch das stimmte natürlich nicht. Es war für uns alle ein Problem. Wir konnten ja die Codes nicht lesen. Keiner konnte die Codes lesen. Meine Mutter simulierte und klammerte sich dabei an ihr Selbstbewusstsein, bis es mit der Welt da draußen nichts mehr zu tun hatte. Und jetzt schaut sie euch an! Wie sie da steht und den Rasen mäht, als ginge es um ihr Leben. Immer schön im Kreis herum«, sagte Regina.

»Und dein Vater?«, fragte Olaf.

Hör jetzt auf, Olaf!, dachte Ada. Vielleicht war Reginas Vater früher bei der Stasi oder wählte jetzt die NPD, vielleicht war er ein Gescheiterter, ein Säufer, wer wusste das schon?

»Mein Vater«, sagte Regina, und Ada bückte sich schnell aus der Schusslinie, um ein Kabel aus ihrer Tasche zu holen, »konnte gar nichts kaschieren. Das war am Anfang noch schwieriger auszuhalten als die Pseudocoolness meiner Mutter. Er hat seinen Job verloren, ist krank geworden.«

Olaf hielt Reginas Blick stand, Ada verstaute das Kabel wieder in ihrer Tasche.

Reginas Mutter war inzwischen wieder von dem Traktor abgestiegen, wusch sich die Hände unter dem Gartenschlauch, lief auf die Terrasse, und blickte verwundert in die Runde.

»Worauf warten Sie eigentlich?«, fragte sie.

»Auf Sie«, sagte Olaf.

»Ach so«, sagte sie und durchquerte das Wohnzimmer.

Olaf räusperte sich und rief ihr hinterher: »Obwohl: Moment! Entschuldigung, das fällt mir jetzt erst auf. Das war ja der Wahnsinn! Könnten wir das noch einmal haben? Das Ganze, die ganze Begrüßung, die Nummer auf dem Traktor, alles. Wir würden die Kamera vor der Tür aufbauen, und Sie öffnen uns so wie eben, genau wie eben, und dann mähen Sie den Rasen noch einmal.«

Reginas Mutter drehte sich nicht um und sagte: »Ich mähe kein gemähtes Gras. Sie?«

Als sie wieder erschien, kam sie mit ihrem Mann. Ada stutzte. Sie zoomte Reginas Vater heran, er steckte in seinen Kleidern, als wolle er Abstand von ihnen halten.

»Hast du Ihnen schon erzählt, was hier los ist?«, fragte Reginas Mutter, während sie sich auf das Sofa setzte.

Regina schaute sie fragend an.

»Nun …?«, fuhr sie fort und schaute in Richtung ihres Mannes, der an der Tür stehen geblieben war, eine alte Sporttasche über der Schulter.

Regina schüttelte den Kopf.

»Ach, so, stimmt ja: kein Drehbuch, alles in Echtzeit. Könnten Sie das Gras noch einmal …?«

Regina machte eine beschwichtigende Handbewegung.

Ihre Mutter winkte ab: »Schon gut, schon gut.«

Olaf ging auf den Vater zu, um ihn zu begrüßen. Der Vater setzte sich auf einen Stuhl und kramte in seiner Sporttasche.

»Kaffee?«, fragte die Mutter.

»Hab ich schon gefragt, Mutti«, sagte Regina.

»Gerade habe ich gehört, dass Aluminium in unserem Trinkwasser Demenz auslöst«, sagte Reginas Mutter mit

Blick in die Kamera. Dann stockte sie und wartete auf ein Zeichen von Olaf, aber er blieb ungerührt.

Reginas Vater war in der Zwischenzeit ein roter Ball heruntergefallen und rollte quer durchs Zimmer. Das Gespräch verstummte. Der Ball verschwand unter dem Sofa. Regina stand auf, aber der Vater murmelte: »Lass nur. Er hat da unten Gesellschaft.« Dann holte er eine silbergrün gestreifte Keule aus seiner Tasche, führte sie mit ausgestrecktem Arm über seinen Kopf und begann, sich damit den Rücken zu kratzen.

»Ich glaube ja«, fuhr Reginas Mutter fort und räusperte sich, »dass Demenz und Depression eine spirituelle Dimension haben, Neurotransmitter hin oder her. Dabei halte ich nichts von Kügelchen und den ganzen kapitalistischen Verdünnern, nicht dass Sie mich da falsch verstehen. Ich glaube an Antibiotika, aber ich glaube nicht, dass wir der Demenz gerecht werden, wenn wir denken, dass es nichts zu vergessen gäbe. Und mit der Depression ist es ähnlich, stimmt's, Regina?«

»Mutti«, sagte Regina und nahm dem Vater die Keule aus der Hand, die nun untätig hinter seinem Rücken baumelte. Sie legte ihrem Vater die Keule in den Schoß und lächelte ihn an.

»Ja, ja, ich weiß, ich erzähle das ja jetzt auch nicht«, sagte die Mutter. »Regina hatte eine schwere Zeit damals.«

Regina lehnte sich an eine Wand und schaute ihre Mutter an.

»Wer ist er?«, fragte der Vater genau zum richtigen Zeitpunkt, packte seine Keule wieder in die Sporttasche und zog den Reißverschluss zu.

»Das ist der Regisseur, der ist am Theater. Ganz verstanden hab ich's nicht, aber ich glaube, der Film wird auf der Bühne gezeigt und die Schauspieler spielen uns nach oder so. Wir schreiben also das Theaterstück, während wir hier reden. Verstehen tut das keiner so richtig, aber eins ist sicher: Wir sind hier die Ossis«, sagte Reginas Mutter.

»Wenn ich Ihnen eine Zigarette schenken dürfte!«, sagte der Vater zu Ada, dann griff er in sein Jackett und holte eine Zigarette aus der Innentasche. Sie brannte.

Regina zwinkerte ihrem Vater zu.

Der Vater schaute in die Kamera, sagte: »Kaninchen, soweit das Auge reicht«, ging in den Garten und setzte sich rauchend in einen Korbstuhl.

»Dein Vater ...«, flüsterte Ada in Reginas Ohr, aber da sprach Reginas Mutter schon weiter: »Ich habe gerade gelesen, dass ein maßgebliches, und mit maßgeblich meine ich: international maßgebliches, psychiatrisches Handbuch seine Depressionsrichtlinien geändert hat. Wer länger als zwei Wochen nach dem Tod eines Angehörigen trauert, ist depressiv und muss behandelt werden. Und noch was war mir neu: Orgasmen schütten so viel Dopamin aus, dass man all die Heiterkeitspillchen dagegen vergessen kann. Auch wenn man sich selbst befriedigt übrigens. Plausible These, finde ich.«

»Das war jetzt ein Kommentar aus der Schublade: wir und unser unbeschwertes Verhältnis zur Sexualität«, sagte Regina und rollte mit den Augen.

»Und Sie?«, fragte Reginas Mutter Ada.

Ada lächelte.

Reginas Mutter lächelte zurück.

Der Vater balancierte inzwischen einen Teller mit Kirschen auf dem Schoß und knotete die Kirschstengel so aneinander, dass eine Kirschtraube entstand.

»Wie viel Zeit haben wir denn heute noch für die Ossi-Nummer?«, fragte die Mutter.

»Wenn Sie die Ossi-Nummer sein wollen ...«, sagte Olaf.

»Hoho, hört, hört, der Herr Regisseur! Wenn Sie die Ossi-Nummer sein wollen ... Ach, egal«, sagte Reginas Mutter, »ich mach euch ja den Ossi – auch noch die nächsten zwanzig Jahre.«

»Sie machen, was Sie wollen«, sagte Olaf.

Reginas Mutter funkelte ihn an. Man sah förmlich, wie sie Luft holte, um ihn zu beschimpfen, doch dann brach sie ab und sagte: »Hätten Sie denn noch eine andere Rolle für mich auf Lager?«

»Nur du denkst ständig über deine Rolle nach«, sagte Regina und schaute nach draußen.

Die Kirschtraube hatte nun schon eine stattliche Größe angenommen. Der Vater hielt sie in die Luft und betrachtete sie zufrieden. Regina stand auf und ging in den Garten. Ihr Vater lächelte sie an und schenkte ihr die Kirschtraube. Regina gab ihm einen Kuss, kniete sich neben ihn und steckte sich eine Kirsche nach der anderen in den Mund. Der Vater lächelte sie die ganze Zeit an und zauberte dabei ab und zu eine weitere Kirsche hinter ihrem Ohr hervor.

»Copperfield ist ein Dreck dagegen«, sagte Olaf.

Regina kam wieder ins Wohnzimmer. Aus dem Off hörte man jetzt die Stimme von Reginas Mutter: »Vielleicht sollte ich den Rasen wirklich noch einmal mähen.«

»Jetzt?« Olaf schüttelte den Kopf. »Aber wir sind doch gerade mitten drin. Wir können das nachher machen, wir schneiden doch sowieso.«

Reginas Mutter stand auf, ging Richtung Tür und sagte:

»Sie haben wirklich wenig verstanden vom Leben, sehr wenig. Auf Wiedersehen.«

Olaf setzte zu einer Antwort an, aber bevor er etwas sagen konnte, war Reginas Mutter verschwunden.

»Hab ich was Falsches gesagt?«, fragte Olaf.

Regina winkte ab.

»Tut mir echt leid, wenn ich deiner Mutter auf den Schlips getreten bin, aber ...«

»Schon gut, Olaf«, sagte Regina. »Geht schon mal vor, ich spreche nochmal mit ihr.«

»Ne, echt jetzt«, sagte Olaf. »Sorry.«

Als Ada, Sira und Olaf vor dem Auto auf Regina warteten, sagte Olaf leise: »Habt ihr verstanden, was da drin grade abgelaufen ist? Ich meine ...«

»Bisschen seltsam war das schon«, sagte Sira.

»Aber die Szene sehe ich trotzdem total vor mir: gigantische Kopfhörer, die die ganze Bühne überspannen. So Micky-Maus-Ohren. Dazu der knallgrüne Kunstrasen und das Geräusch eines Rasenmähers. Im Hintergrund eine Truppe von alten Männern, die mit Keulen jonglieren. Und vorne eine Exaltierte, die ständig wie ein Mantra wiederholt: Ich mach euch den Ossi. Ich mach euch den Ossi. Wenn das keine geile Szene ist!«

»Geniestreich«, sagte Ada, und Sira lachte.

Dann kam Regina aus dem Haus und sagte: »Ich hab's geahnt. Wir dürfen das Material nicht verwenden, nichts davon. Wir müssen nochmal wiederkommen. Meine Mutter tobt.«

REIGEN

So im Einklang federnd manches Paar Schritt an Schritt setzte, so hölzern verstolpert das nächste seinen Lauf. Kaum betreten sie den Hof, geht das gegenseitige Vertreten los.

Als ihr linker Fuß den Boden berührt, zieht er sein rechtes Knie ruckartig in die Höhe, kaum setzt er sein Bein wieder ab, knickt sie im Knöchel. Immer wenn das Bein der einen die Erdung verliert, gleicht der andere es mit einem Tritt auf den Boden aus. Als ob der Schwerkraft nicht zu trauen wäre, als ob die Schwerkraft einen geheimen Hang zum Lunaren hätte.

Eine Stunde später tragen Sanitäter eine Trage durch den Hof.

Das hölzerne Paar

Ada ließ den letzten Reigen auf ihrer Kamera ablaufen. Eine Trage, nur eine? Hatte sie etwas verpasst? Sie betrachtete die Schrittfolge des Paares noch einmal. Es knarzte und knackte nur so. Bei beiden glänzten die Schweißperlen auf der Stirn, hektische Flecken färbten Hals und Schläfen. Hier versuchten sich zwei gegenseitig wettzumachen, um zusammen durchs Leben zu gehen, dachte Ada. Sich die beiden beim Sex vorzustellen, gelang ihr nicht.

Sex, Sex mit Farid.

Anfangs war der erotische Pegel zwischen Farid und ihr auf einem solchen Niveau, dass es nur eines Blickes bedurfte, schon schob Farid ihr seine Hand zwischen die Beine, schon drückte er sie gegen eine Wand, schon öffnete sie seinen Gürtel, sein Hemd, seine Hose. Immer und überall.

Sie zwangen sich durch die ersten beiden Räume einer Ausstellung, um sich dann auf das Museumsklo zu verziehen; bei Abendessen mit Freunden verschwanden sie nach der Vorspeise im Treppenhaus, um sich kurz darauf wieder zu den anderen zu gesellen.

Dabei ging es nicht einmal darum, es an all diesen Orten zu machen. Sie probierten einfach alles aus, was Ada schon immer einmal ausprobieren wollte, und nichts, aber auch gar nichts fühlte sich falsch an mit Farid. Sie war mit ihm genau die Frau, die sie immer sein wollte.

Doch dann war sie schwanger geworden. Anfangs erregte

sie ihre Schwangerschaft noch, weil ihr Körper sich veränderte, doch irgendwann wurde sie so schwerfällig, dass ihr die Lust ausging. In der Zeit, in der sie nicht miteinander schliefen, malten sie sich aus, wie die Enthaltsamkeit ihre erotische Zukunft aufladen würde. Doch dann kam Fanny auf die Welt, und es war vorbei, unwiederbringlich vorbei. Die Lust verflog, die Küsse versandeten, die Phantasien blieben aus. Sie schliefen zwar wieder miteinander, aber die Dringlichkeit, die Ausschließlichkeit, das Existentielle war erloschen. Eine Zeit lang machten sie noch Witze darüber.

Alles, was dann kam, war nostalgischer Sex, lediglich dazu da, die Erinnerung an frühere Tage und Nächte hochzuhalten. Sie kopierten ihre Lust und beschworen sie herauf, indem sie Orte aufsuchten, an denen es besonders aufregend gewesen war, aber mit jedem Mal rieben sich die Erinnerungen ab. Ada und Farid wurden dünnhäutiger. Nach einer Weile ließen sie auch das bleiben. Natürlich gab es immer wieder den kreatürlichen Drang, der sich ihrer bemächtigte, der mit ihnen persönlich nichts zu tun hatte, nur zählte der nicht. Wahrscheinlich war ihr Sex ein Egozentriker, der keine Kinder mochte.

Farid nahm sie nicht mehr wahr oder kritisierte an ihr herum, und sie wurde unzuverlässig, fiel ihm mehrfach in den Rücken und verlor den Respekt. Irgendwann waren sie so zerrüttet, dass sie sich trennten. Ein Jahr war das jetzt her. Und schon weit vor der Trennung war es mit den anderen Männern losgegangen, einer nach dem anderen, aber mit keinem war sie auch nur entfernt die Frau, die sie sein wollte.

Außer mit dem Österreicher, aber der Österreicher war eine andere Kategorie.

Ada stellte sich ans Fenster. In Schweden bekamen Kinofilme neuerdings ein Geschlechtergerechtigkeits-Gütesiegel, wenn sich mindestens zwei der wichtigen Frauenfiguren über etwas anderes unterhielten als über Männer. Ob ihr Kopfkino dieses Gütesiegel verdiente, war fraglich.

Sie ließ die Sequenz des hölzernen Paares noch einmal ablaufen, um auf andere Gedanken zu kommen. Und tatsächlich: An irgendetwas erinnerte sie der Bewegungsablauf, irgendwo hatte sie eine solche Schrittfolge schon einmal gesehen. Sie ging ins Netz. *Horse-in-Motion*-Fotografien. Das war's.

Mitte des neunzehnten Jahrhunderts bekam der Fotograf Eadweard Muybridge die Aufgabe gestellt zu beweisen, dass ein bestimmter Moment im gestreckten Galopp des Pferdes existiert, in dem sich alle Hufe gleichzeitig in der Luft befinden, in dem das Pferd also fliegt, wenn auch nur kurz. Doch während Mister Muybridge mit seinen Studien beschäftigt war, beschäftigte sich seine Frau mit ihrem Liebhaber. Muybridge bekam Wind davon, suchte den Lover auf und schoss ihn nieder. Nach dem Prozess, der mit einem Freispruch (dem letzten seiner Art) endete, ging Muybridge zurück an die Arbeit, installierte fünfzig Kameras, deren Auslöser er mit den Hufen eines Pferdes verband, und brachte so das erste Bild eines Pferdes ohne Bodenhaftung hervor.

Ada klickte sich weiter und plötzlich begann alles zu rutschen: die Pferde, das Paar, Farid, die Philip-Glass-CD, die Farid gestern Abend vom Boden aufgehoben hatte, ihr Leben. Plötzlich hing alles mit allem zusammen, sie klickte sich von Zeichen zu Zeichen. Philip Glass hatte nicht nur die Geschichte von Eadweard Muybridge vertont, sondern auch Samuel Becketts *Spiel*, außerdem hatte er den Soundtrack für die *Truman Show* geschrieben. Und der letzte Kubrick-Film

Eyes Wide Shut – war das nicht eine Schnitzler-Verfilmung? Cruise und Kidman waren ein Paar und spielten darin ein Paar. Er betrog sie im Film, und sie spielte ihn in echt an die Wand. In echt, dachte Ada, als ihr der Dialog zwischen Cruise und Kidman wieder einfiel:

Kidman auf dem Klo sitzend: »Wie sehe ich aus?«

Cruise: »Perfekt!«

»Und die Haare?«

»Großartig!«

»Du hast mich gar nicht richtig angeschaut.«

»Es sieht gut aus.«

Ada stand auf und stellte sich ans Fenster. Sie musste endlich ihr Leben ordnen. Farid war weg, Fanny war da. Sie durfte der Existenz ihrer Tochter nicht all das in die Schuhe schieben, was sie verloren hatte. Sie wusste genau, dass dieser Gedanke ungerecht war, und dass eine Mutter so etwas nicht denken durfte, nie, niemals durfte eine Mutter so etwas denken, und sie dachte es auch nicht laut, aber leise dachte sie es eben doch, und sie verachtete sich dafür, dass sie es dachte. Aber gleichzeitig dachte sie, dass sie gar nicht so eine erbärmliche Mutter war, wie sie immer tat. Das Bild, das sie von sich selbst als Mutter zeichnete, war ihr Angstbild, ihr Schuldbild, ihr schwarzgefärbtes, mütterliches Selbstbild, das alles verdunkelte. Es verdunkelte die morgendlichen Zärtlichkeiten in Fannys Bett, das gemeinsame Lachen und die Vorlese-Arien, es verdunkelte die Freiheiten, die sie Fanny ermöglichte und den Mut, den sie ihr schenkte. All das wurde verdunkelt von der Angst, als Mutter nicht zu genügen. Manchmal dachte sie, dass sie sogar ihrer Liebe für Fanny misstraute, weil sie nicht so für ihre Tochter da sein konnte, wie sie für sie da sein wollte, oder wie sie dachte, dass sie für sie da sein musste, weil viele Mütter so taten, als wäre alles Zucker.

Ada ging in Fannys Zimmer, setzte sich auf Fannys Bett und streichelte ihr den Kopf. Fanny schlief mit weit ausgebreiteten Armen.

»Mami«, sagte Fanny jetzt leise und schlug die Augen auf. »Ist Papi da?«

REIGEN

Der Mann ist blond, braungebrannt und trägt ein leuchtend grünes Poloshirt. Seine nackten, sehnigen Füße stecken in Segelschuhen. Die Frau hat zusammengewachsene Augenbrauen und einen Herpes an der Lippe. Sie hat keine Frisur, sondern Haare.

Der Mann nimmt die Hand der Frau und führt sie an seine Lippen. Als er sie wieder sinken lässt, fragt er: »Wo ist eigentlich dein Ehering? Trägst du den gar nicht mehr?«

»Doch, doch«, sagt sie und lächelt ihn an.

»Was ist heute eigentlich für ein Tag?«, fragt er dann.

»Der zehnte«, sagt sie.

Er bleibt stehen.

Sie schaut ihn fragend an.

»Weißt du nicht mehr, dass heute unser Hochzeitstag ist?«, fragt er.

»Doch, doch«, sagt sie und geht weiter.

Auf dem Rückweg prangt auf seinem grünen Poloshirt ein großer Wasserfleck. Er hebt den Stoff von der Haut ab: »So ein Mist!«

»Das trocknet wieder«, sagt sie.

Er bleibt noch einmal stehen und fragt: »Hast du eigentlich nie Angst, mich zu verlieren?«

Sie schaut ihn fragend an. Dann nimmt sie seine Hand, küsst sie und lässt sie wieder los.

Das Verrauchen der Lust

»Was soll das mit der Kamera werden?«, fragte Karl, der in ihrem Wohnzimmer stand und sie zu sich heranzog.

Ada machte sich frei. Wenn sie keine Lust hatte, dann schaute sie sich bei ihren eigenen Bewegungen zu, und das machte Sex unmöglich.

Karl ging zur Kamera, drückte auf den Auslöser und flüsterte ihr Anweisungen ins Ohr. Dann nahm er sich Zeit, was meist gut war, nur jetzt gerade nicht, wo er einen Porno drehte, und sie ihre Lust nicht finden konnte. Doch kurz bevor Ada das Ganze abbrechen wollte, fand langsam der kreatürliche Drang in seine Rolle. Ada spielte die Pornonummer also mit. Warum auch nicht? Es war das letzte Mal, da tat sie ihm eben den Gefallen. Schauspieler spielten gegen den Wahnsinn an, um den Wahnsinn darzustellen. Sie musste also nur ein bisschen so tun, als zügelte sie ihre Lust, bis sie ihm einen Orgasmus vortäuschen konnte, und Karl wieder gehen musste. Schäbig, aber irgendwie auch amüsant.

Zu allem Überfluss sagte Karl zum Schluss noch: »Schau dich an, deine Schenkel, deine Brüste! Genieß dich selbst, du hast es verdient, du hast dich selbst verdient!«

Ada tat selig, dankbar und erschöpft, murmelte etwas von Fannys verfrühter Rückkehr aus der Schule und ging in die Küche. Nachdem Karl geduscht und sich wieder angekleidet hatte, kam er noch einmal auf sie.

Sie sagte: »Weißt du, Karl, ich ...«

»Schon klar«, antwortete er und nahm sie länger in den Arm, als es in einer solchen Situation nötig gewesen wäre. Dann ging er zur Tür und sagte: »Adieu.«

Nicht einmal einer zusammengebastelten Identität konnte man alles zumuten, dachte Ada, als sie vor der verschlossenen Tür stand, und hatte plötzlich das dringende Bedürfnis nach Schnaps. Weil aber gerade keiner zur Hand war, las sie das Interview von Sophie Rois weiter, das auf ihrem Küchentisch lag:

»Das ist ja sehr beliebt beim deutschen Film und Fernsehen. Die Frau mit der moralisch überlegenen Position und der Mann darf der asoziale Trottel sein. Ich will der asoziale Trottel sein! Ich weiß nichts besser. Das ist genau so eine Methode, jemanden kaltzustellen. Damit ist einem das Leben als Ganzes verwehrt. Du bist nicht mehr handlungsfähig. Du musst ja alles besser wissen: Du sollst mit deiner Gebärmutter tief in der Erde stecken, weise und milde auf Männer herab lächeln.«

Ada pflückte ihre Unterwäsche vom Stativ und ging unter die Dusche. Danach schaute sie in den Spiegel. Sie sah besser aus als heute Morgen, viel besser. Sex tat ihr selbst dann gut, wenn es gefaketer Sex mit einem Narzissten war, der ihr Schmalz in die Ohren rieb.

Die ganzen letzten Wochen hatte sie mit Karl verbracht, und das obwohl die Affäre mit Karl eine Futur-II-Affäre war und sie Männer eigentlich nicht leiden konnte, die so taten, als müsste eine Frau von sich selbst überzeugt werden. Karl war aber so ein Mann, und außerdem war er einer, der auf alles Wert legte, als gäbe es nichts, was von selbst wertvoll war.

Er schwärmte für seine eigene Empfindsamkeit, für die

Wucht seines eigenen Erlebens. Und er redete und redete. Er redete vor dem Sex, währenddessen und danach. Sie war meist Tier oder Göttin, wenn nicht nur Gattung: »Du Frau!« Und dauernd musste er sie beschreiben. So viele verschiedene Bezeichnungen für ihre Brüste hatte sie noch nie gehört und sie hätte auch gerne darauf verzichtet. Doch selbst wenn Karl ihre Brüste poetisierte, kam doch etwas von dem Geschwurbel bei ihr an – warmer Fahrtwind wahrscheinlich. Und vielleicht war es auch der Gipfel der Unabhängigkeit, sich von Narzisstenkrümeln zu ernähren. Zum Glück war das nun alles vorbei. Vielleicht war ihr heutiges Treffen mit Karl auch der Fassungslosigkeit geschuldet, dass sich Anziehungskräfte so schnell abnutzen konnten; vielleicht war das noch schwieriger auszuhalten als das schlechte Gewissen und die Peinlichkeit eines Treffens, das nur dazu da war, dem Verrauchen der Lust beizuwohnen.

Ada hatte jetzt Hunger. In ihrem Kühlschrank war nichts Essbares mehr. Sie nahm einen Apfel aus der mit Fischen bemalten Schale und biss hinein.

Tante Seda hatte ihr diese Schale geschenkt, als sie das erste Mal in Kairo zu Besuch war. Bei diesem ersten Besuch, bei dem sie sich über alles gewundert hatte: Über die Herzlichkeit und über die Beharrlichkeit, mit der Farids Familie darauf bestanden hatte, dass sie diese Herzlichkeit auch annahm – was hieß hier annahm? – aufaß, schluckte, sich einverleibte. Eine solche Verbindlichkeit im Geben, die ein Nehmenkönnen der anderen Seite voraussetzte, war ihr nie zuvor begegnet.

Wie ausgiebig alle dort getröstet wurden, nicht nur die Kinder, auch die Tanten, die Nachbarn, alle, denen etwas passiert war – und hatten sie sich nur den Arm aufgeschürft;

alle wurden geküsst und getröstet, bis sie vor Trost und Keksen platzten.

Auch Farid war anfangs ein Großmeister des Tröstens gewesen. Er hatte sie oft bereits getröstet, als sie noch gar nicht wusste, dass sie des Trostes bedurfte. Anfangs war ihr das unheimlich gewesen, peinlich auch, aber dann hatte sie es genossen und irgendwann hatte sie sich einfach daran gewöhnt. Jetzt wurde ihr flau, wenn sie nur daran dachte, dass Farid seine weichen Fingerkuppen auf ihre Schulter legen könnte, so wenig wollte sie es haben und so sehr fehlte es ihr.

Als Fanny aus der Schule nach Hause kam, fragte Ada, worauf sie denn am meisten Lust hätte.

»Filmen!«, rief Fanny. »Bitte, Mami, ja?«

»Das machen wir«, sagte Ada. »Was willst du denn filmen?«

»Was ganz Normales«, sagte Fanny. »Vielleicht kochst du was, und ich filme dich dabei.«

»Super Idee«, sagte Ada.

Sie bauten die Kamera gemeinsam im Wohnzimmer ab und in der Küche wieder auf. Ada zeigte Fanny noch einmal, wie alles funktionierte, wann sie welchen Knopf drücken musste und wie sie das Bild näher heranzoomen konnte, dann ging sie hinaus, und Fanny rief: »Film ab!«

Ada kam wieder zurück in die Küche, holte einen Topf heraus, füllte Wasser hinein, kochte Spaghetti und ließ sich nicht anmerken, dass sie beobachtet wurde.

Als die Nudeln fertig waren, aßen sie sie zusammen und setzten sich mit der Kamera auf das Sofa, um sich den Film anzusehen.

»Du hast einen super Blick«, sagte Ada. »Wie du die Nudeln gefilmt hast! Wie du das Wasser, die rote Sauce, den

Löffel und meine Hände herangezoomt hast, könnte man meinen, Kochen wäre das Spannendste auf der ganzen Welt.«

Fanny strahlte und lehnte ihren Kopf an Adas Schulter: »Ist es doch auch.«

REIGEN

Die Frau mit dem hölzernen Gang betritt den Hof. Ihre Schritte weisen große Ähnlichkeit mit dem Schrittmuster auf, dem sie neulich mit ihrem Begleiter durch den Hof gefolgt ist, nur geht sie jetzt allein. Ihre Füße treten so ins Leere, wie Füße ins Leere treten, wenn die Stufen früher zu Ende sind als gedacht.

Die Frau trägt ein schwarzes Kostüm und eine schwarze Blume am Revers. Sie legt den Kopf in den Nacken und schaut an der Häuserfassade hinauf. Dann senkt sie den Blick, greift an die Blume, streicht die Blütenblätter glatt und beginnt zu weinen.

Nach einer Weile nimmt sie ein Taschentuch aus ihrer schwarzen Lackhandtasche und schneuzt hinein. Als sie sich wieder in Bewegung setzt, ist aus dem Stolpern ein Torkeln geworden, so als hätten ihre Tränen das Hölzerne ihrer Knochen feucht und biegsam werden lassen.

In einer Schlangenlinie durchquert sie den Hof, zieht sich am Geländer die Treppenstufen zur Tür hinauf und verschwindet im Hinterhaus.

Nach einer kurzen Pause öffnet sich die Tür noch einmal – einen Spalt breit nur – und die schwarze Blume segelt tropfnass auf die dritte Treppenstufe.

Der Freitag des Zorns

So viel sie in den letzten drei Tagen kommuniziert hatten, so still waren sie jetzt. Das ganze Frühstück über saßen sie schweigend da, tranken Tee und aßen Fūl und Ta'miya. Dann klingelte das Telefon, und Tante Seda sprach leise im Nebenzimmer. Als sie zurück an den Tisch kam, zitterte sie leicht und sagte: »Heba hat angerufen, sie meint, ihr sollt euch Plastiktüten um die Stiefel wickeln.«

Sira und ihre Cousinen schauten sie fragend an.

»Die Polizei kommt mit Wasserwerfern«, sagte Tante Seda.

»Ist mir egal«, sagte Nahla.

»Was redest du da?«, fragte Tante Seda.

»Ist mir egal, ob meine Schuhe nass werden«, sagte Nahla.

»Sie werden das Wasser unter Strom setzen.«

»Das kann nicht sein«, sagte Onkel Danyal.

»Das kann sein«, sagte er dann.

Sie brachen auf, verstauten ihre Masken in den Innentaschen der Anoraks und gingen in die Moschee. Alle Freunde, die sie dort trafen, waren ähnlich gekleidet: alte, schwere Jacken und Hosen, ein Schal, keine Taschen, nur eine Wasserflasche in der Hand. Es war der 28. Januar 2011. Die Stimmung war angespannt, die Menschen musterten sich gegenseitig, als wäre an den Gesichtern abzulesen, auf welcher Seite sie standen. Noch wagte keiner, sich offen zu bekennen, noch steckten die Masken in den Innentaschen.

Der Scheich sprach über Freiheit, und Sira versuchte aus seinen Worten eine zweite Tonspur herauszufiltern.

Doch kaum hatten sie die Moschee verlassen, waren die ersten Rufe zu hören. »Freiheit! Brot! Menschenwürde!« Und sie liefen los. Die Rufe, das Klatschen, der Takt. Wenn sie sich noch vor ein paar Tagen darum gesorgt hatten, ob genug Menschen an den Demonstrationen teilnahmen, dann war schon nach ein paar Metern offensichtlich: Die kritische Masse war erreicht. Alte und Junge, Frauen und Männer, Schwangere und Kinder, alle liefen Richtung Tahrir. Und je näher sie dem Platz kamen, desto mehr wurden sie. »Mutig ist mutig und feige ist feige! Heute Nacht ist der Platz unsere Bleibe!«

Der Strom der Menschen spülte über die Polizeiblockaden hinweg wie über ein Riff. Auf den Balkonen der Hochhäuser, die den Platz säumten, trommelten Menschen auf Töpfen, schwenkten die Fahne und winkten ihnen zu.

»Nochmal«, sagte Aziz und beugte sich zu Sira hinüber. »Wenn einer von uns verhaftet wird, lauf weiter!«

Sira nickte und lief weiter. Und kaum waren ein paar Minuten vergangen, skandierte sie, was die anderen skandierten, und als sie ein Plakat von Mubarak sah, das mit dicker, roter Farbe ausgekreuzt war, konnte sie das erste Mal einen eigenen Hass gegen ihn in sich finden. »Tyrann!«, rief sie, und je lauter sie das rief, desto echter fühlte sich ihr Hass an, und desto stolzer war sie auf die ersten Hassgefühle ihres Lebens, die sich nicht gegen ihre Mutter richteten. »Verschwinde!«, rief sie jetzt, so laut sie konnte.

»Friedlich! Friedlich bleiben«, schallte es ihr entgegen.

Sira holte ihre kleine Kamera aus der Hosentasche und fotografierte die Demonstranten.

»Du hast eine Kamera dabei?«, fragte Nahla.

»Hat Ada mir mitgegeben. Ich habe ihr versprochen, ein paar Fotos zu machen«, sagte Sira.

»Die haben wirklich keine Ahnung in Berlin, was hier los ist, oder?«, sagte Nahla, aber Sira zuckte nur mit den Schultern.

Es tat ihr gut, etwas Normales zu tun, also fotografierte sie die Spruchbänder: Ein junger Mann mit Dreitagebart und Fahrradhelm hob ein Schild aus zerfledderter Pappe in die Luft, auf dem stand: *Sei stolz, du bist Ägypter!*, während eine junge Frau mit tomatenrotem Kopftuch und Ray-Ban-Sonnenbrille sich ein liniertes Papier mit der Aufschrift: *We'll get married. We'll have kids* vor die Brust hielt. Ein Mann hatte sich auf seine Plastikhandschuhe mit schwarzem Filzstift *Die Jugend wird dich stürzen!* gekritzelt. Ein wütender Alter hielt seine Handfläche in Siras Handykamera, auf der der Schriftzug *Tyrann* prangte. Und immer und überall war das Wort: *Leave!* zu lesen, klein und groß, auf Englisch und Arabisch, aus Kieselsteinen auf die Straße gelegt, auf Kochtöpfe, die zu Helmen umfunktioniert waren, auf Pflastern, die über Münder geklebt waren, auf Pappe, Papier, Plastik, Stoff und Haut. Großväter in Rollstühlen und kleine Mädchen mit rosafarbenen, offenen Daunenjacken und Schleifen im Haar – alle riefen sie dasselbe.

Da flog Sira eine Dose vor die Füße und rollte so nah an sie heran, dass sie die Spitze ihres Stiefels berührte. Aus der Dose rauchte es heraus, dicker, gelber Rauch. Sie kickte die Dose weg und rannte, aber es war schon zu spät. Ihre Lungen krampften sich zusammen und ihre Augen schmerzten, als hätte sie sich eine Handvoll gemahlene Chilisamen hineingerieben. Irgendjemand drückte ihr eine Zwiebel in die Hand. Nur was sollte sie mit einer Zwiebel? Ein zweiter kippte ihr

Cola über die Hände. Von Essig hatte sie gehört, aber von Zwiebeln und Cola?

Plötzlich griff Walid sie am Hinterkopf, hielt sie fest, zog ihre Augen auseinander und träufelte ihr etwas in die Lidsäcke. Dann knöpfte er ihre Jacke auf, kramte die Maske aus ihrer Innentasche und setzte sie ihr auf. Er hatte ihre Brüste berührt. Und gerade als sie sich darüber wunderte, dass ihr das in einer solchen Situation überhaupt auffiel, sah sie, dass er eine Taucherbrille trug. Wo hatte er auf einmal eine Taucherbrille her? Das Tränengas vernebelte die Luft jetzt so sehr, dass sie nur noch schemenhaft erkennen konnte, wie die anderen neben Myriam knieten, die regungslos auf dem Boden lag, dann war sie plötzlich allein. Sie hatte nicht gemerkt, wie es sie von den anderen weggetrieben hatte und sie hatte nicht die geringste Ahnung, wie viel Zeit vergangen war. Eine Minute, fünf, zehn? Überall Rauch, Sirenen, Geschrei und weinende Menschen. In der Ferne die Sprechchöre und das rhythmische Klatschen.

Sira stolperte weiter, klatschte leise in die Hände, murmelte leise »Friedlich! Friedlich bleiben!« und kam sich dabei vor wie eine irr gewordene Obdachlose. Sie setzte sich auf einen Bürgersteig. Keine Panik! Das war das Wichtigste. Sie drückte sich die Maske auf den Mund, schloss die Augen und versuchte, an Berlin zu denken, an Ada, Farid, Fanny. Doch als sie sich Fannys Gesicht vergegenwärtigte, schossen ihr noch mehr Tränen in die Augen. Also ging sie gedanklich die Theke von Farids Laden durch – Schüssel für Schüssel: die mit den schwarzen Oliven, die mit den blauen Fischen, die mit den grünen Streifen. Nach einer Viertelstunde würde die Wirkung des Tränengases nachlassen, das wusste sie, und sie wusste auch, dass sie nicht daran sterben würde; sie musste nur hier sitzen bleiben und sich die Schüsseln aus Farids Laden ins Gedächtnis rufen: die mit den Tintenfischen, die mit den Spiralen und ihre Lieblingsschüssel mit den hellgrünen, kleinen Igeln.

Langsam klärte sich die Luft. Sira blinzelte durch die Rauchschwaden hindurch und sah gegenüber auf dem Balkon eine Frau, die ihr mit einer Flasche Wasser und Taschentüchern zuwinkte. Sie stellte sich unter den Balkon und fing die Flasche und die Taschentücher auf. Dann ließ sie das Wasser in ihre Kehle rinnen, befeuchtete die Tücher, legte sie sich über die Augen und setzte sich wieder auf den Bürgersteig. Ein junger Mann rief, dass das Hauptquartier der Nationaldemokratischen Partei NDP in Brand gesetzt worden sei und das Militär nun aufzöge. Und gerade als Sira zu der Frau vom Balkon zurückgehen und sie bitten wollte, sich bei ihr verstecken zu dürfen, bis die Panzer wieder verschwunden wären, gerade also, als sie dabei war, der Revolution, die nicht ihre war, den Rücken zuzukehren, gerade in diesem Moment lief sie Nahla und den anderen in die Arme.

»Da bist du ja! Oh, Gott, wo warst du?«, rief Nahla.

»Hier«, sagte Sira und schaute ein letztes Mal verstohlen zu der Frau auf dem Balkon, die aber bereits andere Demonstranten versorgte. »Hier.«

Myriam sagte nichts.

»Bist du ok?«, fragte Sira.

»Hm«, sagte Myriam.

»Mut!«, sagte Nahla. »Das ist es, was wir jetzt brauchen. Wir sind stark, Myriam, so stark wie nie.«

»Hm«, sagte Myriam.

»Was machen die Panzer hier?«, fragte Sira.

»Die viel wichtigere Frage ist: Was machen wir, wenn die Panzer da sind?«, sagte Nahla.

»Werden sie auf uns schießen?«, fragte Sira.

»Keine Ahnung«, sagte Walid.

Nach ein paar Minuten wurde eine lange Fahne über ihren Köpfen ausgerollt, und alle streckten die Hände hoch, um sie schweben zu lassen. Als Sira nach oben schaute und das Licht durch die rot-weiß-schwarzen Streifen dringen sah, fühlte sie sich wie in einem Propagandafilm, aber gleichzeitig so geborgen wie seit Tagen nicht mehr. Sie tastete mit ihren Fingern den seidigen Stoff ab und warf die Fahne nach oben. Sie dachte ans Prinzenbad. Dann war eine Explosion zu hören und schwarzer Rauch zu sehen, und während die Fahne über ihren Köpfen davon rauschte, peitschten Schüsse durch die Luft. Irgendjemand rief noch die Worte »Scharfschütze« und »Hotelzimmer« und schon knallte es in ihrer unmittelbaren Nähe. Sira duckte sich, ein weiterer Schuss fiel, und ein paar Meter neben ihr sank ein junger Mann zu Boden. Sira blieb stehen, aber Walid riss an ihrer Jacke und schrie: »Lauf! Sie schießen auf uns! Lauf!«, und Sira rannte weiter, bis sie endlich am Rande des Platzes angekommen war und sich mit den anderen in einen Hauseingang drückte. Männer trugen Verletzte an ihnen vorbei, einen nach dem anderen.

»Sie haben ihn erschossen«, flüsterte Sira.

»In den Hinterkopf«, sagte Nahla. »Ich hab's gesehen. Direkt in den Hinterkopf.«

»Da ist er«, sagte Aziz. »Da ist er! Seht ihr, dort!«

Der Mann lag mit leerem Blick und blutendem Kopf auf einer Trage, ein anderer prüfte seinen Puls, schüttelte den Kopf und deutete auf den nächsten Eingang.

»Fuck, ein Märtyrer«, flüsterte Aziz.

Fuck, ein Märtyrer? dachte Sira.

Da rannte ein Mann mit einem Lampenschirm unter dem Arm an ihnen vorbei.

»Habt ihr den Typen mit der Lampe gesehen?«, fragte Nahla.

Keiner antwortete.

»Was machen wir hier eigentlich? Wenn wir uns jetzt auch noch gegenseitig beklauen, dann sind wir auch nicht besser als sie.«

»Der Typ war ein Schwachkopf«, sagte Aziz. »Die Lampe war hässlich, habt ihr sie gesehen? Er hat eine hässliche, alte Lampe geklaut, der Idiot. Das war kein Symbol, für gar nichts, das war eine Lampe!«

»Mir reicht's«, sagte Nahla jetzt. »Ihr könnt ja bleiben, aber ich gehe nach Hause.«

»Er ist ein Märtyrer«, sagte Aziz noch einmal.

»Er ist tot«, sagte Sira.

»Ja«, sagte Walid.

Sie liefen auf die Brücke des 6. Oktober. Sie hatte einen Toten gesehen. Sie fuhren mit dem Taxi nach Zamalek zurück. Er war so alt wie sie und er war tot. Sira versuchte, sich auf die Straße zu konzentrieren, auf den Fahrtwind, das Radio, aber es half nichts. Er war tot. Als sie am Club vorbeikamen, waren die Tennisplätze mit Flutlicht bestrahlt – warm und gelb. Sira meinte, Menschen auf einem der Plätze spielen zu sehen, aber das war wohl nur eine Täuschung, denn er war tot.

REIGEN

Schon mehrmals ist eine großgewachsene, schlaksige, schwarz verhüllte Figur durch den Hof gelaufen, Gesicht und Hände rußverschmiert. Immer geht sie mit entschlossenem Schritt und geneigtem Haupt, und immer baumelt an ihrem Handgelenk ein kleines, schwarzes Säckchen.

Als sie das letzte Mal die Treppen zum Hinterhaus emporstieg, lugten behaarte Beine und Männerturnschuhe mit neongrünen Schnürbändern unter der Kutte hervor. Niemand folgte ihr, und sie kehrte auch nicht zurück. Im Reigen der Paare ist sie ein Missverständnis.

Als die Figur und Ada sich einmal im Hausflur begegneten, war Ada zurückgewichen, doch die Figur hatte freundlich und mit tiefer Männerstimme gegrüßt. Seither träumte Ada von der Figur, und immer ging es um ein Drehkreuz.

Das Drehkreuz ist blitzblank und geölt. Während es Ada mit seinen Aluminiumschaufeln in die eine Richtung schiebt, dreht es die Figur in die andere. Mal stand es in einem Treibhaus, mal im Wohnzimmer, mal knietief im Ozean, aber immer verdreht es die Figur und sie gegeneinander. Einmal stand es vor einer Wand, auf die ein Graffito mit dem Schriftzug *Melancholie und Mission* gesprayt war.

Und wenn es für einen Mann, der neongrüne Schnürbänder trug, nicht ein bisschen zu altmodisch klingen würde, dann wäre es genau das, was Ada jedes Mal dachte, wenn sie ihn sah.

Irgendwann fand Ada heraus, was es mit der verhüllten Figur auf sich hatte. Sie fand sie zufällig auf der Homepage des *Zentrums für politische Schönheit*, das ihr Interesse geweckt hatte, weil es – wie der Paartherapeut – vor ein paar Monaten ins Hinterhaus gezogen war. Es war die Figur der *Politischen Melancholie*, der *Politikverdrossenheit*. Die Figur geht zum Bundestag und zu Wahlveranstaltungen und im Idealfall reicht die Bundeskanzlerin ihr die Hand. In der braunen Papiertüte trägt sie die verbrannten Hoffnungen.

Melancholie und Mission.

Echter Klatschmohn

Ada war nicht mit den anderen im Auto gefahren, sondern saß allein im Zug auf dem Weg nach Leipzig. Sie freute sich auf Reginas Mutter, sie hatte sich immer eine Mutter mit einem solchen Eigensinn gewünscht. Doch als sie jetzt so darüber nachdachte, kam es ihr vor, als hätte Reginas Mutter ihren Eigensinn vielleicht auch zum Museumsstück gemacht, als bekäme sie ihn nicht mehr vom Sockel. Ob das was mit dem Mauerfall zu tun hatte oder mit ihrer Persönlichkeit, wusste Ada nicht. Sie war überhaupt erstaunt, wie sehr Ost-West immer noch ein Thema war. Bis zu ihrem Dreh neulich hatte sie geglaubt, es wäre überhaupt kein Thema mehr, aber vielleicht hatte sie das auch nur deswegen geglaubt, weil es für sie bisher kein Thema gewesen war.

»Was war eigentlich für dich an der Zeit nach dem Mauerfall am schwierigsten?«, hatte sie Regina auf dem Heimweg nach dem letzten Dreh noch gefragt, und Regina hatte geantwortet: »Wahrscheinlich hab ich einfach nur zu offen auf eine Welt geschaut, die nicht zurückgeblickt hat.«

Und genau so war es: Sie hatte nicht zurückgeblickt. Für sie war Ostberlin ein Abenteuerspielplatz gewesen, mehr nicht. Der Anblick der zerschossenen Häuserfronten, der Geruch der Kohleöfen und die holprigen Straßen waren aufregend für sie. Sie erinnerte sich noch genau, wie sehr sie sich an den Bäumen geweidet hatte, die wilder aus den Pflastersteinen wuchsen als im Westen, und wie viel besser ihre eigene Herkunft in den miefigen Kneipen des Prenzlauer Bergs auszuhalten war. Sie erinnerte sich auch, wie erleichtert sie war, dass der Mauerfall all die Sprüche ihrer Großmutter verwässerte, weil es plötzlich andere Deutsche gab, die was zu verarbeiten hatten. Sie erinnerte sich, wie durch die Einschusslöcher der Häuser genau die frische Luft strömte, die es im Westen nicht mehr zu atmen gab.

Den Mauerfall hatten sie vor dem Fernseher erlebt. Ihre Mutter und sie hatten geweint, wie sie bei allen Filmen weinten, die sich plötzlich doch noch zum Guten wendeten. Und ihr Vater hatte von einem historischen Moment gesprochen, den sie niemals vergessen würden. Doch kaum waren ein paar Wochen vergangen, hatten sie ihn schon so gut wie vergessen. Zum Tag der deutschen Einheit waren sie dann in den Zirkus gegangen. Einen solch historischen Tag müsse man feiern, hatte ihr Vater gesagt. Geändert hatte sich nichts für sie. Vielleicht kam sie sich deswegen Menschen wie Regina und ihrer Familie gegenüber immer so naiv vor, weil die eine Geschichte hatten und sie nur ein Leben.

»Wieso wollen eigentlich immer alle hören, wo ich den Mauerfall erlebt habe?«, hatte Regina gefragt. »Als ob es die Jahre danach nicht gegeben hätte!« »Ist schon irre«, hatte Regina hinzugefügt, »euer Kaffeespektrum differenziert ihr bis in den letzten Aromawinkel hinein, und uns lasst ihr genau zwei Optionen: Täter oder Opfer, schwarz oder weiß. Als ob Situationen überall komplex gewesen wären, nur nicht in der DDR. Als ob ein Kaffee mehr Rechte auf sein Spektrum hätte als ich.«

Und auch das stimmte. Sie hatte die bröckelnden Fassaden nur dazu benutzt, um Löcher in die Teflonschicht ihrer Kindheit zu reißen, ihrer Kindheit, in der es immer nur ums

Abdichten der eigenen Geschichte gegangen war. Sie hatte nicht einmal wirklich darüber nachgedacht, wie es auf der anderen Seite ausgesehen hatte.

Plötzlich wurde Ada gewahr, dass sie mit dem Oberkörper leicht vor und zurück schaukelte, so wie ihre Großmutter vor und zurück schaukelte, wenn sie von früher erzählte, von den geklauten Kartoffelschalen, dem Holunderbusch und dem deportierten Nachbarn. Er sei sowieso schon krank gewesen, hatte ihre Großmutter immer gesagt, wenn sie von dem deportierten Nachbarn sprach. Und natürlich hatte Ada immer geahnt, wer ihn verraten hatte.

In Leipzig nahm sie sich ein Taxi und fuhr zum Haus von Reginas Eltern. Reginas Mutter öffnete im Blaumann, den roten Kopfhörern mit den abgeblätterten Aufklebern und der großen, schwarzen Sonnenbrille die Tür: »Sind Sie allein?«

»Die anderen stehen im Stau, verspäten sich ein bisschen«, sagte Ada. »Ich bin Zug gefahren.«

»Keine Lust auf Reden, was?«

»Hm«, sagte Ada.

»Dann kommen Sie doch schon mal rein.«

»Gern, danke.«

»War der Zug voll?«

»Nein, gar nicht.«

»Ist mir übrigens ganz recht, dass wir ein bisschen allein sind. Wissen Sie, ich habe mich mies gefühlt nach dem letzten Mal, richtig mies. Ich weiß auch nicht, was mich da geritten hat. Dabei wollte ich Regina doch einen Gefallen tun. Haben Sie Kinder?«, fragte Reginas Mutter und ging mit Ada ins Wohnzimmer.

»Eine Tochter.«

»Und, kommen Sie mit ihr zurecht?«

Ada schwieg.

»Man darf das ja niemandem sagen, aber ich mag meinen Sohn einfach lieber, auch wenn er ein Problemkind ist«, sagte Reginas Mutter. »Meine Tochter war mir immer ein bisschen fremd.«

»Ich habe keinen«, sagte Ada.

»Vielleicht besser so.«

»Ich liebe meine Tochter«, sagte Ada.

»Natürlich tun Sie das«, sagte Reginas Mutter. »Kommen Sie mit in die Küche? Ich koche Marmelade für Regina. Regina liebt Marmelade. Sie isst morgens, mittags und abends diese albernen Marmeladebrote, aber wenn's ihr schmeckt ... Wenn man Schuldgefühle hat, dann macht man immer zu viel oder zu wenig.«

»Das kenne ich gut«, sagte Ada.

»Und wie wollen Sie dafür sorgen, dass Ihre Tochter nicht bis zwanzig denkt, sie müsse Hinz und Kunz gefallen, nur um sich die nächsten zwanzig Jahre dann wieder davon zu befreien?«

»Ich gebe ihr keinen Kakao«, sagte Ada.

»Das hätte von mir kommen können«, sagte Reginas Mutter und lachte, »aber das macht es nicht besser.«

»Ich ...«, sagte Ada.

»Mutter sein ist ein Talent und kein Handwerk. Viel lernen kann man da nicht.«

»Ich weiß nicht, ob mich das jetzt tröstet«, sagte Ada.

»Ich habe als Tochtermutter vollkommen versagt, und mein Sohn ...«

»Ihr Sohn?«, fragte Ada.

»Mein Sohn hat in Kakao gebadet.«

Ada lachte.

»Dafür wird heute alles besser laufen, Sie werden sehen. Jetzt wo das Gras wieder gewachsen ist«, sagte Reginas Mutter und schaute in den Garten.

Ada folgte ihrem Blick und stockte. Im Garten stand das Gras kniehoch.

»Wie …?«

»Mein Mann«, sagte Reginas Mutter.

»Aber das gibt es doch nicht«, sagte Ada. »Wie …?«

Reginas Mutter unterbrach sie: »Mein Mann baut auf die Gegenwart, die Vergangenheit kann ihm gestohlen bleiben.«

»Aber …«, sagte Ada.

»Wollen Sie Ihrer Tochter eigentlich auch Marmelade mitbringen. Was mag Ihre Tochter denn?«

»Erdbeere.«

»Erdbeere«, wiederholte Reginas Mutter.

Ada schaute noch einmal in den Garten. Das Gras war wieder gewachsen. Und Blumen, viele, bunte Blumen.

»Wie?«, fragte Reginas Mutter, während sie die gezuckerten Erdbeeren pürierte.

»Hab nichts gesagt«, sagte Ada.

»Ach so.«

Ada stiegen Tränen in die Augen. Vielleicht war es der süßliche Geruch, den die gekochten Früchte im Haus verströmten. Als Kind hatte es zu Hause oft so gerochen, und weil es so gerochen hatte, hatte sie immer gedacht, sie fühlte sich zu Unrecht einsam; sie hatte immer gedacht, etwas stimme nicht mit ihr, wenn sie sich in einem Haus, das nach Erdbeeren duften konnte, einsam fühlte. Und jetzt roch es hier genauso. Ihre ganze Kindheit hindurch wurde alles versüßt und zur Unkenntlichkeit verrührt, bevor es luftdicht abgeschlossen wurde. Ada erinnerte sich an einen Traum, den sie als Kind wieder und wieder hatte. Darin schlenderte sie durch den Flur, als eine dünne Stimme rief: »Erlöse mich!« Die Stimme kam aus dem kleinen Süßstoff-Döschen ihrer Mutter, und es war die verdünnte Stimme ihrer Mutter, die sie bat, sich den Süßstoff einzuverleiben, um sie zu retten.

»Haben Sie eigentlich einen Lieblingsfilm?«, fragte Reginas Mutter.

»Hm«, sagte Ada. »*Night on Earth*. Von da an wollte ich Filme machen. Ich hab aufgehört, Klamotten zu kaufen und mein ganzes Geld fürs Kino gespart.«

»Und jetzt? Machen Sie die Filme, die Sie machen wollen?«

»Nein«, sagte Ada. »Leider nicht.«

»Warum nicht?«

»Weil ich ständig diese kleinen Werbedrehs machen muss, um über die Runden zu kommen. Wenn ich sie überhaupt bekomme.«

»Wär nichts für mich gewesen«, sagte Reginas Mutter und hielt einen Filzstift in die Höhe. »Wie heißt Ihre Tochter?«

»Fanny.«

»Fan-ny«, wiederholte Reginas Mutter und schrieb den Namen rot auf ein Marmeladenglas. »Fanny wie Fanny Hensel, Fanny Mendelssohn?«

»Einfach nur Fanny«, sagte Ada.

»Na, zum Glück! Sind Sie verheiratet?«, fragte Reginas Mutter.

»Nicht mehr.«

»Haben Sie Ihren Mann geliebt?«, fragte Reginas Mutter.

»Sehr«, sagte Ada nach einer Pause.

Reginas Mutter ging zurück ins Wohnzimmer: »Könnten Sie noch mehr lieben?«

Ada schaute sie fragend an.

»Sie sehen so aus, als wäre es das noch lange nicht gewesen.«

Das hatte der Österreicher auch gesagt.

Never loved somebody fully. Always one foot on the ground.

»Wie ...?«, fragte Ada.

Keine war so hart wie du, hatte Farid gesagt.

»Na ja, Sie sehen so aus.«

Du bist eine Göttin, sagte Karl, wenn ihm gar nichts anderes mehr einfiel.

»Ich sehe so aus?«

»Na, so, als hätten Sie sich bisher oft beim Badengehen ihrer Erwartungen zugeschaut.«

»Ich bade gern.«

»Das meine ich«, sagte Reginas Mutter.

Ada schwieg. Vielleicht sollte sie wirklich lieber Erdbeermarmelade kochen, statt ständig am nächsten Bart zu ziehen, als wär's der letzte Strohhalm. Sie schaute sich im Wohnzimmer um. »Mögen Sie eigentlich keine Farben?«, fragte sie dann.

»Wie kommen Sie denn darauf?«

»Weil es hier keine gibt.«

»Ach so? Ist mir noch nie aufgefallen, aber wissen Sie was: Mir sind Möbel völlig egal. Wohnen wird total überschätzt. Dieses ständige Rumgewohne ist mir immer schon auf den Geist gegangen.«

Da klingelte Adas Telefon, und Olaf bat sie herauszukommen.

»Geht's jetzt los?«, fragte Reginas Mutter.

Ada nickte und baute ihre Kamera auf. Als sie fertig war, gab sie Reginas Mutter ein Zeichen.

Reginas Mutter öffnete die Tür, als hätte sie das Team noch nie gesehen und sagte: »Ich muss nur noch schnell den Rasen mähen«, bevor sie durch den Flur ins Wohnzimmer und von dort aus in den Garten lief.

»Micky Maus – I love it!«, flüsterte Olaf.

Die drei standen jetzt im Wohnzimmer und starrten in den Garten. Sie schauten sich gegenseitig an, dann zu Ada. Ada zuckte mit den Schultern. Reginas Mutter pflückte währenddessen in Seelenruhe einen großen Strauß, legte ihn ab und schwang sich auf den Traktor.

»Das Gras, die Wiese, das kann doch nicht wahr sein«, sagte Sira.

»Auf den Klatschmohn bin ich besonders stolz«, sagte der Vater, der gerade aus der Küche kam. Ada schwenkte die Kamera, Sira hielt das Mikrophon in seine Richtung, Regina justierte die Strahler und zwinkerte ihm zu: »Gut gemacht, sieht aus wie echt.«

»Deine Mutter meinte ja, ein normaler Rasen hätte es auch getan, aber ich dachte: wenn schon, denn schon«, sagte der Vater und stellte sich neben Adas Kamera. »Soll ich Ihnen eine anzünden?«

»Hm«, sagte Ada.

Er machte eine blitzschnelle Bewegung, und schon brannte eine Zigarette zwischen seinen Lippen. Auf dem Display erschien der erste Rauchring und zog durch die Rasenmäher-Szene, dann der zweite.

»Darf ich Sie was fragen?«, fragte Ada.

»Alles, Herz, alles.«

»Seit wann zaubern Sie?«

»Naja, zuerst hat's hier ja gespukt. Sie können sich gar nicht vorstellen, wie es hier gespukt hat. Die Teller flogen nur so durch die Gegend. Und auch ein Messer, das war knapp. Sehen Sie?«, fragte er und zeigte auf eine Schramme in der Wand. »Das war das Messer. Und dann die Geräusche. Ich dachte schon, ich wäre verrückt geworden. Aber dann kam dieser Spukforscher und hat mir alles erklärt.«

Ada schaute auf die Kreisformation, die Reginas Mutter in die Wiese fuhr, die Kreise wurden enger, die Rauchringe schwebten durchs Bild, die Stimme von Reginas Vater kam weiter aus dem Off.

»Ein Physiker, kein Scharlatan, falls Sie das jetzt denken. Spuk sieht nur schlimm aus, ist es aber gar nicht. Spuk ist ein Schutz, sowas wie eine psychosomatische Reaktion, die nicht im Körper stattfindet.«

»Und dann hat's irgendwann wieder aufgehört?«, fragte Ada.

»Ja, relativ bald. Und kaum war's vorbei, ging es mir immer schlechter. Von Tag zu Tag. Ich wollte weder – wie soll ich das jetzt sagen – weder vergangenheitsverdächtig noch zukunftsträchtig sein, wenn Sie verstehen, was ich meine. Ich habe sie gehasst, die DDR, wirklich gehasst. Und Zaubern ist ja ziemlich optimistisch. Vielleicht hab ich deswegen auch immer so einen Kater danach. Und Filmrisse. Der Klatschmohn hat mich Stunden gekostet. Aber wenn ich mir meinen Klatschmohn so ansehe, dann weiß ich: Das war es wert.«

Regina hatte inzwischen weitere Lichter gesetzt, ging jetzt zu ihrem Vater und nahm ihm die Zigarette aus der Hand: »Darf ich?«

Er lächelte sie an. Sie zog an der halb heruntergebrannten Zigarette und schürzte die Lippen, während sie den Rauch wieder ausstieß. Doch er stieg ihr in die Nase, sie bekam einen Hustenanfall und hielt ihrem Vater die Zigarette wieder hin. »Wenn du wüsstest, wie schwierig es ist, optimistisch zu sein, wenn man nicht zaubern kann«, sagte sie noch immer hustend.

Reginas Mutter hatte inzwischen fast den ganzen Rasen gemäht, nur in der Mitte des Gartens war eine runde Insel aus Gras und Blumen stehen geblieben. Sie fuhr den Traktor in die Laube, kam ins Wohnzimmer und betrachtete ihr Werk. Dann ging sie wieder hinaus, stieg noch einmal auf und fuhr einmal quer durch die Insel hindurch.

»Seht ihr, sie muss sogar unserem Garten einen Strich durch die Rechnung machen«, sagte Regina, und ihr Vater flüsterte plötzlich wieder ganz versunken: »Wer?«

Die Frage des Vaters hing in der Luft. Die Mutter lief durch das Wohnzimmer und verschwand durch die Tür, durch die sie beim letzten Dreh auch schon verschwunden war.

»Oder ist das alles Theater?«, hakte der Vater nach.

»Ist gut«, sagte Regina.

Der Vater kam auf Sira zu und fragte: »Brauchen Sie vielleicht auch Klatschmohn, junge Frau?«

»Wenn Sie wüssten«, sagte Sira.

Der Vater lächelte, nickte, drückte ihren Oberarm einmal fest und ging in den Garten. Er pflückte die letzten Stengel Klatschmohn, die in der Mitte stehen geblieben waren, und legte sie Sira in den Arm.

Sira lächelte ihn an.

»Sie sollten zaubern lernen«, sagte Reginas Vater. »Sie brauchen es, ich kann das sehen.«

»Wenn das kein tolles Ende ist«, sagte Olaf und klatschte in die Hände. »Wir haben's im Kasten. Super, das war's!«

REIGEN

Die Tür zum Hinterhof öffnet sich. Zuerst sind nur die Finger einer Hand zu sehen, die das schwarze Holz des Rahmens umfassen, während eine andere Hand die Tür einen Spalt weit offen hält, dann drücken sich ein schmaler, grüner Rücken und lange, blonde Haare von innen gegen die Fensterscheibe. Kurz darauf hört Ada ein Lachen, ein junger Mann springt mit einem Satz in den Hof und hält die Tür dabei auf. Die Hand verschwindet, und die Frau mit der grünen Jacke steckt ihren Kopf durch den Spalt. »Komm, wir müssen uns dringend helfen lassen!«, sagt der junge Mann und zieht sie nah an sich heran. »So geht das nicht weiter.« Sie nickt und küsst ihn. Sie schiebt ihr Knie zwischen seinen Beinen langsam nach oben. Er greift an ihren Hintern und dreht sich aus der Umarmung heraus. »Wir müssen uns wirklich helfen lassen«, sagt sie lachend, nimmt ihn an der Hand und verschwindet mit ihm im Hinterhaus.

Als sie nach einer Stunde zurückkommen, schneiden sie Grimassen, heben die Zeigefinger und lachen.

La-Li-Lu

Ob sie noch mehr lieben könnte? Reginas Mutter hatte damit einen Punkt getroffen. Das Warten hatte begonnen, als Fanny ein paar Monate alt war. Dass sie Farid damals betrogen hatte, war einer explosiven Mischung aus Lebenslust und *Horror vacui* geschuldet. Ohne Sex wurde sie trübsinnig; und wer wollte ihr einen Vorwurf daraus machen, da doch der Trübsinn in der Welt weit mehr Schaden anrichtete als jedwede Fremdgeherei?

Ada setzte sich auf Fannys Bett, strich ihr über den weichen Oberarm und legte ihren Finger in die leicht verschwitzte Ellenbeuge. Fanny zuckte mit den Armen. Wenn Ada in den Lauf des Tages eingespannt war, dann vergaß sie das immer wieder, dass Fanny eine speckige Ellenbeugenfalte hatte, dann sah sie nur, wie viel enger ihre Welt geworden war, seit es Fanny gab. Natürlich hatte sie mit Fanny auch eine Welt hinzugewonnen, aber die Welt wurde enger mit einem kleinen Kind, wenn man ehrlich war und sich nicht selbst den Muttermythos vorsang wie das abendliche La-Li-Lu.

Fanny drehte ihr den Rücken zu.

Sie hatten sich kurz vor dem Schlafengehen gestritten. Ada teilte sich ihre Kraft immer genau bis zu dem Punkt ein, an dem Fanny ins Bett ging; passierte dann etwas Unerwartetes – Mathe-Hausaufgaben, ein Anruf von Farid oder eine verstopfte Spülmaschine – war nichts mehr von ihrer Kraft übrig, und sie fing an zu schreien. Fanny hatte es nicht verdient, auf den letzten Metern angeschrien zu werden, sie war neun und hatte es nicht verdient, dass ihre Mutter keinerlei Reserven für sie bereithielt.

Gespielt hatte Ada auch schon lange nicht mehr mit ihr. Sie sollte öfter mit Fanny spielen und auch mal eines der Spiele beenden. Beim Mensch-ärger-dich-nicht brach sie schon nach der Hälfte ab, weil ihr beim Würfeln immer Dinge einfielen, die unbedingt erledigt werden mussten. Das passierte meist lange bevor das vierte Männchen sich nach Hause gerettet hatte. Nie waren alle in Sicherheit.

Ada strich Fanny über den Hinterkopf und deckte sie zu. Wann hatte sie ihr eigentlich das letzte Mal eine Geschichte erzählt?

Farid erzählte Fanny immer Geschichten, verspielte Geschichten, die sich in Details oder einer unwichtigen Nebenerzählung verloren. Stundenlang konnte er erzählen, nie war er in Eile. Farid hatte ein Zeitgefühl, das Ada ägyptisch nannte. Anfangs liebte sie ihn für diese Zeitverlorenheit, doch bald verachtete sie ihn dafür, weil seine Zeitverlorenheit wie ein Zerrspiegel funktionierte, in dem sie abwechselnd hektisch und faul aussah.

Irgendwann hatte Fanny angefangen, Farid mehr und mehr zu korrigieren, ihn die Geschichte erzählen zu lassen, die sie hören wollte. Bald schien es so, als hätte sie sich die Geschichte, die er erzählen sollte, zuvor ausgedacht. Sie wurde regelrecht ungehalten, wich er von ihrer Version ab. Wenn er mit dem Satz »Zwei Mädchen spielten mit ihren farbigen Murmeln, als ein Löwe ins Zimmer schlich«, anfing, schaute sie ihn entrüstet an: »Nein, Papi, kein Löwe, ein Hund, ein kleiner, weißer Hund.«

»Gut, also, zwei Mädchen spielten mit ihren Murmeln, als

ein kleiner, weißer Hund ins Zimmer kam. Sie wohnten in einem Palast in einem fernen Land.«

Doch Fanny setzte sich in ihrem Bett auf und belehrte ihn: »Nein, nicht Palast, sondern Haus und auch nicht in einem fernen Land, gar nicht woanders, sondern hier, hier in Berlin.«

»Sie lebten in einem Haus in Berlin und hatten etwas Wunderbares entdeckt: Drehten sie die goldene Murmel dreimal in eine Richtung, erschien ein kleines, über und über behaartes Männchen und fragte sie mit rauchiger Stimme …«

»Was?«, unterbrach Fanny ihren Vater jetzt endgültig aufgebracht. »Nein, so läuft die Geschichte nicht. Ich mag keine kleinen, behaarten Männchen. Die Mädchen rufen ihre Mama, die Mama kommt rein und spielt mit den Murmeln. Ganz normal, Papi, alles ganz normal.«

Es gefiel Ada, dass Fanny nie Geschichten von Prinzessinnen oder Raumfahrerinnen hören wollte, sondern immer welche, in denen kleine Mädchen über die Straße in die Eisdiele gingen.

»Das war schön, Papi«, sagte Fanny zum Schluss, bevor sie einschlief, »genauso war es.«

Kein Wunder, dass Fanny ihren Vater vergötterte. Ada stand auf und ging ins Wohnzimmer. Ob sie noch mehr lieben könnte, hatte Reginas Mutter gefragt.

REIGEN

Die Locken hängen ihr ins Gesicht. Ihre Kleidung sieht teuer aus, aber auch so, als habe sie sie seit Tagen nicht gewechselt. Sie setzt sich auf die Bank, holt ein Deo-Spray heraus und sprüht es sich unter die Achseln, zwischen die Beine und in den Mund. Sie verzieht das Gesicht, setzt sich eine Sonnenbrille auf, öffnet mit den Zähnen einen kleinen Plastikbeutel, kniet sich vor die Bank, streut das Koks in zwei Lines aus, schiebt die Lines mit einer Kreditkarte zusammen, rollt einen Geldschein und zieht sich den Stoff in die Nase, ohne sich auch nur einmal dabei umzuschauen. Sie steht auf, stellt sich an die Hecke und schaut der Yoga-Klasse zu, die durch die Glasfassade zu erkennen ist.

In der Zwischenzeit setzt sich ein Spatz auf die Bank, pickt ein paar Mal in der verwischten, weißen Spur herum und flattert dann aufgeregt, aber vielleicht auch nicht aufgeregter als sonst, davon.

Die Frau hat sich gerade so nach unten gebeugt, dass ihre Nase ihre Knie berührt, als ein Mann einen Segway-Roller in den Hof schiebt und die Frau mit einem Kuss begrüßt, der dauert. Als sie sich fertig geküsst haben, schauen sie sich eine Weile lang an, dann steigt sie auf den Roller, gibt Gas und kurvt laut lachend durch den Hof. Er pfeift ihr hinterher und schwingt ein unsichtbares Lasso.

Auf dem Rückweg sagt die Frau: »Hat der Typ im Ernst vorgeschlagen, wir sollen uns einen Zweierkajak kaufen, um zusammen rudern zu gehen?«, und prustet los.

Der Mann führt lachend ein unsichtbares Paddel durch die Luft.

»Ein Zweierkajak? Was für ein Wahnsinnsidiot!«, sagt die Frau und wischt im Weggehen mit der flachen Hand die letzten weißen Krümel von der Bank.

Fannys Tagebuch

Du versuchst echt gut zu kochen. Manchmal sieht es sogar aus wie bei Papi, aber dann klappt doch immer was nicht so toll. Das ist gemein, weil du dich ja anstrengst, Mami. Papi sieht zum Beispiel beim Kochen nie so angestrengt aus wie du. Bei ihm sieht das alles immer so leicht aus. Aber ich mag's trotzdem, wenn du kochst, auch wenn es nicht so gut schmeckt. Ich sag ja immer, dass es super schmeckt und tu extra kein Salz drauf. Nie tu ich Salz drauf, auch wenn es Pampe ist. Manchmal nehm ich sogar Pfeffer, dabei mag ich Pfeffer eigentlich nicht so. Aber du magst es, wenn ich Pfeffer mag. Dann schaust du immer so lieb.

Oft schaust du aber auch ein bisschen böse oder sauer. Das macht mich dann ganz traurig. Aber das sage ich dir natürlich nicht, weil du sonst traurig wirst oder noch saurer. Das ist schon ein bisschen doof, dass ich nie so genau weiß, wann du traurig wirst oder noch saurer.

Und ich weiß auch nicht, wie ich das wegmachen kann. Oft mach ich ja auch doofe Sachen. Ich vergesse zum Beispiel Sachen, Hausaufgaben oder meine Hosen bei Papi. Da bin ich echt wie Papi, das sagst du dann immer. Ich mag das ja überhaupt nicht, wenn du das sagst, weil es so klingt, als wäre das was Schlechtes. Dabei ist es was Gutes, auch wenn Papi viel vergisst.

REIGEN

»Hoffentlich nimmt er uns überhaupt. Wir haben ja nicht diese massiven Probleme wie die anderen. Wir besprechen dein Sexthema und dann sind wir durch. Dreimal schätze ich«, sagt die Frau. »Drei Sitzungen.«

Der Mann sagt nichts.

Sie gehen durch den Hof. Beide tragen Stiefel.

»Nur das mit dem Peitschen mache ich nicht«, sagt sie jetzt leiser. »Darüber brauchen wir auch da oben nicht nochmal zu diskutieren, nur damit das klar ist. Wenn du kniest, verliere ich den Respekt.«

»Wäre noch geiler«, sagt der Mann.

Sie schenkt ihm einen eiskalten Blick.

Nach einer Viertelstunde kommen sie wieder zurück.

»Hab ich's doch gesagt, er nimmt uns nicht«, sagt die Frau.

»Du hast es abgebrochen.«

»Ja, und weißt du auch warum? Ich knie nicht vor einem Mann, auch nicht vor dem Herrn Therapeuten.«

Taty, Taty, Demokraty

Sira saß im Wohnzimmer ihrer Eltern auf einem Sessel. Sie saß da, als ihre Eltern die anderen begrüßten, sie saß da, als ihre Mutter die Mäntel an den Kleiderständer hing und Ada und die anderen ins Wohnzimmer winkte. Die nassen Haare hingen Sira auf die Schultern, sie trug einen grauen, grünen, gelben Trainingsanzug und Hausschuhe. Sie saß nur da und knetete mit den Fingern ihre Knie.

Es war ein Fehler mitzukommen, dachte Ada. Sie war seit der Scheidung nicht mehr bei Farids Eltern gewesen und sie hätte es dabei belassen sollen.

»Sira kommt gerade aus der Badewanne«, sagte Siras Mutter.

Sira hob den Arm und sagte: »Ich komme gerade aus der Badewanne.«

Der Vater setzte sich aufs Sofa.

»Sie hat es nicht mehr geschafft, sich die Haare zu föhnen«, sagte die Mutter.

»Ich habe es nicht mehr geschafft«, wiederholte Sira.

»Macht ja nichts«, sagte der Vater. »Ist ja warm genug hier drin.«

Sira hatte seit Monaten keinen Kontakt mehr mit ihren Eltern, warum duschte sie jetzt hier?, dachte Ada.

Die Mutter goss Cola in die Gläser auf dem Tisch und präsentierte mit einer ausladenden Armbewegung die vielen Schüsseln, die auf dem Tisch standen, als präsentierte sie ihr

Land: »Bedienen Sie sich, bitte, wenn Sie möchten. Ich habe ägyptisch gekocht.«

»Danke«, sagte Regina, und Ada nickte mit Blick auf den Boden.

Sie hatte schweißnasse Hände. Die vielen Familienfotos an der Wand, die Gerüche, die Speisen. Ihr war gar nicht bewusst, wie sehr ihr das alles gefehlt hatte. Nach der Trennung hatte sie sich ihr Heimweh als Fernweh verkauft und ihre Heimatlosigkeit als Freiheit gefeiert. Dass Farids Familie und deren überladene Wohnung in ihr überhaupt Heimatgefühle auslösen konnten, hätte sie nie gedacht. Gleichzeitig hatten ihre Ex-Schwiegereltern es bisher vermieden, ihr in die Augen zu blicken. Sie hatten sie fast wie eine Fremde begrüßt.

Ada schaute sich um, im hinteren Teil des Wohnzimmers stand ein Sekretär aus gelacktem, dunklem Holz, den sie noch nicht kannte. Solche Möbelstücke hatte sie in Kairo viele gesehen, nur dass sie dort oft mit einer Folie bedeckt waren. Farid ließ auch seine Hemden ein Jahr lang verpackt im Schrank liegen, bevor er sie das erste Mal anzog. Vielleicht war ja die Erinnerung an Luftfeuchtigkeit eine jener Erinnerungen, die nicht so leicht oder gar nicht vergingen, aber das wäre nur dann eine Erklärung, wenn Farid je in einem Land mit hoher Luftfeuchtigkeit gelebt hätte, dachte Ada und strich den Schweiß von den Handflächen auf ihre Hosenbeine. In ihrem Mund breitete sich jetzt ein metallischer Geschmack aus – wie beim Zahnarzt.

Ada baute ihre Kamera auf und schaute währenddessen immer wieder auf den Esstisch. Überall Etiketten. Auf der Zuckerdose ein Etikett mit der Aufschrift ›Zucker‹, auf dem Honigglas eines mit ›Honig‹, auf dem Brotkorb ›Brot‹, auf dem Wasserkrug ›Wasserkrug‹ und auf dem Holzbrett ›Holzbrett‹. Sie waren überall, eine Invasion von Etiketten. Farids Familie und die Etiketten. Einige seiner Kairoer Tanten ließen kleine, goldene Etiketten auf den Gläsern kleben, um auf ihren Wert hinzuweisen, und wehe, man rieb beim Abwasch zu heftig darüber.

»Sira, könntest du mir kurz helfen, bitte?«, fragte Ada.

Sira stand auf und baute mit Ada den Rest der Kamera auf. Sira sah aus wie ein Entführungsopfer, das sich mit seiner Situation abgefunden hatte.

»Wir mögen die Volksbühne nicht so gerne«, sagte der Vater jetzt. »Sie ist uns zu wenig international, wenn ich das mal sagen darf. Diese Ost-Ausrichtung spricht uns einfach nicht an. Aber wir waren jetzt doch einmal dort, um vorzufühlen, mit welcher Art von Ästhetik wir es heute zu tun haben werden. Habe ich das richtig verstanden, dass sich das Studio 12 auf Pollesch und Schlingensief bezieht?«

»Nun«, sagte Olaf, »Schlingensief klar, Pollesch vielleicht. Ich komme auch aus Gießen, Gießener Schule.«

»Dachte ich mir«, sagte der Vater. »Nicht unsere Generation, aber interessant ist es schon. Ich war mal in einem Stück, in dem jemand Gurken geschnitten hat. Den halben Abend lang wurden da Gurken geschnitten. Nur Gurken, ein Brett und ein Messer. Wir sind also sehr gespannt, was bei dem Experiment hier herauskommt. Außerdem können wir unserer hübschen Tochter sowieso keinen Wunsch abschlagen.«

»Das verstehe ich gut«, sagte Olaf und schaute zu Sira hinüber, die wieder in ihrem Sessel saß.

»Meine Tochter bat mich, später etwas auf dem Klavier vorzuspielen«, sagte die Mutter jetzt.

»Das würde uns freuen«, sagte Olaf.

»Gut, später«, sagte die Mutter. »Stellen Sie uns jetzt die Fragen?«

»Nein«, sagte Olaf. »Wir stellen keine Fragen und wir geben kein Thema vor. Wir schauen nur, was passiert. Das hier ist Zufall.«

»Das hier?«, fragte die Mutter.

»War nur so ein Spruch«, sagte Olaf.

»Ach, kommen Sie ...«, sagte der Vater. »Das glaubt Ihnen doch kein Mensch!«

»Warum nicht?«, fragte die Mutter. »Ich glaub's ihm.«

»Du glaubst jungen Männern alles«, sagte der Vater lächelnd.

Sira bohrte mit dem Finger ein Loch in ihre Trainingshose.

»Kennen Sie den Film *Deutschland im Herbst?*«, fragte der Vater.

»Ja«, sagte Olaf.

Der Vater schaute ihn an.

»Aber so wie Fassbinder da seine Mutter verhört, so machen wir es nicht, keine Sorge«, sagte Olaf.

»Ist ja auch eine andere Zeit«, sagte der Vater, dann stand er auf und ging auf der anderen Seite um den Tisch herum. Er hob mit einer ziselierten Blechzange Eiswürfel aus einem Plastikbehälter und ließ sie in die Gläser gleiten.

Dass die Mutter sie ignorierte, war zu erwarten gewesen, aber der Vater? Der Vater hatte sie nie schlecht behandelt, der Vater hatte sie gemocht – bis zum Schluss. Vielleicht hatte er aber auch nur eine deutsche Schwiegertochter gewollt, irgendeine, Hauptsache, sie hatte einen deutschen Pass, vielleicht war seine Sympathie ihr gegenüber nur Zeugnis seines internen Einbürgerungstests. Ada schüttelte den Kopf: Was waren das denn für Gedanken?

Die Mutter übte inzwischen Läufe auf ihrem Oberschenkel, und als der zweite Triller kam, sagte Ada: »Wie findet ihr denn eigentlich Farids neue Freundin?«

Die Finger der Mutter erstarrten, dann faltete sie die Hände ineinander und schaute Ada zum ersten Mal in die Augen: »Nein.«

Der Vater schwenkte sein Glas, dass die Eiswürfel nur so dagegen schlugen, während er die Mutter fragte: »Farid hat eine Freundin?«

»Er hat keine neue Freundin«, sagte die Mutter und stand auf. »Kein Grund zur Beunruhigung, Liebling, das ist eine falsche Information. Ada weiß auch nicht alles, nur weil sie weiß, wie man sich scheiden lässt.«

Ada schluckte, dann atmete sie einmal tief durch und sagte: »Ich war schon mit den beiden essen.«

Die Mutter strich mit den Fingerkuppen über den schwarzlackierten Flügel und lachte: »Na, das war sicher nett. Was gab's denn?«

»Ich verstehe kein Wort. Was redet ihr da?«, fragte der Vater, der jetzt einen Eiswürfel zerbiss.

»Nichts«, sagte die Mutter. »Gar nichts. Ada liebt es, uns zu verwirren. Hast du das schon vergessen?«

Alle schauten nun Ada an, bis auf Sira, die auf den Boden blickte, zwei Finger im Loch ihrer Hose eingehakt.

»War nur ein Witz!«, sagte Ada und lachte jetzt in die Runde. Ihr Lachen klang schrill.

Die Mutter lachte auch, ein bisschen zu laut, und klappte den Flügel auf: »Siehst du? Hab ich's doch gleich gewusst! Wir drehen einen Film, Liebling, einen Film. Mir war das gleich klar. Bist du wieder auf sie reingefallen? Wie früher, genau wie früher.«

»Stimmt«, sagte der Vater. »Da hast du wirklich recht. Ich hab's doch gesagt. Ist nicht so mein Stil. Obwohl: Eigentlich wäre es ja eine schöne Nachricht gewesen. Jetzt, wo Sira sich gegen Kinder entschieden hat.«

»Ich habe mich gegen Kinder entschieden«, sagte Sira.

Ada schaute sie fragend an.

»Wusstest du noch nicht?«, fragte Sira. »Ich auch nicht.«

»Willst du doch noch welche?«, fragte der Vater. »Mach ruhig erst einmal dein Studium und den Facharzt zu Ende, du hast ja noch so viel Zeit.«

»Sie hat sich gegen ihr Studium entschieden«, sagte die Mutter.

»Erst einmal«, sagte der Vater.

Sira schwieg, und als das Schweigen anhielt, griff sie mit den vier Fingern ihrer rechten Hand in das Loch ihrer Hose und riss einen Triangel in den Stoff.

»Was haben Sie denn studiert?«, fragte der Vater Regina.

»Ein paar Semester Medizin und dann Filmhochschule«, sagte Regina mit Blick auf das klaffende Loch in Siras Hosenbein.

»Medizin, wirklich? Wo denn?«

»In Leipzig«, sagte Regina.

»Respekt! Wir sind ja damals auch einfach so aus Kairo fortgegangen. Dauert ein bisschen, bis man sich eingewöhnt, aber ...«

»Ich komme aus Leipzig«, sagte Regina.

»Ach, wirklich? Wissen Sie was: Sie sind die erste Ostdeutsche, mit der ich privat spreche. Wie sind Sie denn zu Ihrem Medizinstudium gekommen, wenn ich fragen darf?«

»Ich wollte«, sagte Regina.

»Ihre Eltern waren also Arbeiter?«

»Nein, meine Mutter ist auch Ärztin.«

»Ach so?«, fragte der Vater.

»Liebling!«, sagte die Mutter leise, während sie Sira eine dicke beige-braun karierte Decke über die Beine breitete.

»Wieso? Über diese Dinge muss man doch sprechen, oder?«, sagte er.

»Über welche Dinge denn?«, fragte Regina.

»Na, die Staatssicherheit zum Beispiel.«

»Darum ging es nicht«, sagte Regina.

»Ach ja? Das finde ich schon. Ich finde, je offener man damit umgeht, desto besser. Ich sage ja auch, Mubarak ist ein Ganove, ich sage, die Muslimbrüder sind die Pest, das Militär ist zwielichtig und die ägyptische Polizei sowieso ein Schlägertrupp. Ich kann damit offen umgehen.«

»Was ich sagen wollte: Meine Eltern waren nicht bei der Stasi«, sagte Regina.

»Niemand«, sagte der Vater, »war bei der Stasi. Wenigstens das gibt es in Ägypten nicht, wenigstens müssen wir keine Angst davor haben, von jedem x-beliebigen Freund ausspioniert zu werden. In Ägypten greift die Polizei einfach so zu. Ich weiß nicht, was schlimmer ist. Haben Sie gesehen, wie sie Ramy Essam misshandelt haben?«

»Ich war fünfzehn, als die Mauer fiel«, sagte Regina.

»Kennen Sie Ramy Essam?«, fragte der Vater.

»Den Sänger, einer von Vaters großen, großen Tahrir-Helden«, sagte Sira.

»Er ist ein Held!«, sagte der Vater. »Ich weiß nicht, warum du jetzt alles in den Dreck ziehst, was mit Tahrir zu tun hat, Sira. Es war ein Fehler, dass du nicht mitgelaufen bist. Du hättest dabei sein müssen für dein Land, dein Leben! Du hättest dein Studium niemals geschmissen, wenn du dabei gewesen wärst. Stattdessen bist du in Zamalek vor dem Fernseher gesessen und hast dich von deiner Tante durchfüttern lassen.«

»Wollen Sie Ramy Essam hören? Er hat wirklich eine schöne Stimme«, sagte die Mutter und ging zur Stereoanlage, auf der mehrere Etiketten klebten.

»Taty! Taty! Demokraty!«, sang der Vater und die Mutter drehte die Hände dazu. »Verzeihen Sie, aber bei dem Lied muss ich einfach mitsingen. Aber was ich noch erzählen wollte: Als wir damals in Deutschland angekommen sind, wurden wir mit offenen Armen aufgenommen.«

Sira rollte mit den Augen. Ada schaute sie an. Mit dem Triangel in der Hose wirkte sie plötzlich viel frischer.

»Das goldene Deutschland«, flüsterte Sira.

Ihr Vater hatte diese Geschichte schon so oft erzählt, dass er inzwischen selbst an sie glaubte. Das goldene Deutschland, das ihn mit offenen Armen empfangen hatte, das seine Kinder zu Klassenbesten und ihn zum Chefarzt gemacht hatte. Das goldene Deutschland, in dem es keine Korruption gab, in dem die Straßen gefegt und die Theater erstklassig waren. Das goldene Deutschland.

»So, jetzt spiele ich Ihnen etwas vor«, sagte die Mutter und zischte Sira zu: »Und du ziehst dich um!«

Siras Mutter drehte die Musik ab, setzte sich an den Flügel, legte ihre Ringe ab und begann ein *Impromptu* von Schubert zu spielen. Als Sira aufstand, um das Zimmer zu verlassen, blitzte ihr Knie aus der Trainingshose hervor, es war verschrammt und vernarbt wie bei einem Fußballspieler.

Das zweite *Impromptu* war immer Adas Lieblingsstück

von Schubert, aber jetzt klang es anders; es klang, als gäbe es Reinheit in der Welt, und die Mutter spielte es, als wüsste nur sie um diese Reinheit. Doch auch dieser Gedanke war falsch, dachte Ada.

Ihre Schwiegermutter hatte schon immer die Macht besessen, ihre Gedanken abzufälschen. Das war der Schwiegermutter-Magnetismus, er brachte ihre Gedanken von der Bahn ab und schwächte ihre Verve. Die Aura ihrer Schwiegermutter hatte seit jeher dafür gesorgt, ihre Gedanken zu krümmen und vergehen zu lassen. Die Wut zerstäubte in Sekunden und versprühte sich selbst in alle Richtungen.

Ada zoomte auf die Finger der Mutter. Sie hatte rot lackierte, kurz geschnittene Nägel. An den beiden kleinen Fingern, an denen normalerweise die goldenen, mit Rubinen geschmückten Ringe steckten, waren nun rötliche Abdrücke zu sehen. Dass sie all die luxuriöse Last am äußersten schwächsten Glied ihrer Hand trug, sollte ein Beweis ihrer Leidenschaftlichkeit sein.

Ada filmte jetzt ganz nah an die Finger heran, dann glitt sie die Hände, die Arme hinauf, bis sie am Hals angekommen war, an der Kehle, der Gurgel. Sie zog ihr Objektiv so stark zusammen, wie es nur ging, und fast wäre ihr ein ›Ah!‹ entwichen, doch dann schwenkte sie auf die geschlossenen Lider der Schwiegermutter und atmete aus.

Die Schwiegermutter spielte indes unbeirrt weiter.

Natürlich hatte es etwas Obszönes, ihrer Schwiegermutter so nah zu kommen, aber zum ersten Mal fühlte Ada sich in ihrer Gegenwart gewappnet. Und sie musste zugeben, aus der Nähe wirkte sie sinnlich. Das Kontrollierte und leicht Wahnsinnige, das sie sonst ausstrahlte, wurde während ihres Spiels zu Hingabe, und ihre Bewegungen wurden immer beschwingter und zarter zugleich, je länger sie spielte. Ada glitt also zurück von den Lidern zur Kehle, den Armen, den Händen, den Fingern. Die Finger, die Gelenkhöcker, die lederne Haut. Ihre Schwiegermutter war ein Krokodil. Sie biss auf Vorrat zu, grundlos, satt, sie war die reine Bissigkeit und ihre rubinroten Augen leuchteten selbst im Dunklen. Dass sie etwas Reptilienhaftes an sich hatte, war Ada noch nie aufgefallen, doch jetzt erinnerte sie sich an die Furcht, die das Trommeln auf der Tischdecke früher bei ihr ausgelöst hatte.

Ada lehnte sich leicht nach hinten und beobachtete das Fingerspiel auf dem Kameradisplay. Von hier aus betrachtet hüpften die Finger schwerelos über die Tasten, kein Krokodil weit und breit.

Dann war ein Föhn zu hören. Die Mutter hob die Finger von den Tasten, ballte sie zu Fäusten und wartete. Der Föhn verstummte sofort, und der Griff der Mutter lockerte sich wieder, ihre Finger sanken auf die Tasten zurück. Jetzt spielte sie mit geöffneten Augen.

Ada justierte ihre Kamera, stand dann auf und ging zu Sira ins Bad. Ihre Schwiegermutter drehte sich nach ihr um, natürlich ohne sich zu verspielen.

»Warum hast du meinen Eltern das mit Farids Freundin erzählt?«, fragte Sira leise, den Föhn samt Kabel um den Hals.

»Ich weiß nicht«, sagte Ada.

»Hast du gemerkt, wie geschockt meine Mutter war? Nicht, weil Farid eine neue Freundin hat, sondern weil sie es nicht als Erste erfahren hat.«

»Aber sie war sich doch so sicher, dass es nicht stimmt«, sagte Ada.

»Siehst du die Aspirin-Packung da?«, fragte Sira und öffnete das Medizinschränkchen. »Sie schreibt ›Aspirin‹ drauf und klebt es über den Schriftzug. Aspirin ist Aspirin, weil sie es so nennt. Verstehst du?«

Ada nickte.

»Ich bin auch nur dann ihre Tochter, wenn sie das so will.«

»Ich weiß«, sagte Ada.

»Meine Eltern wissen nicht einmal, dass ich bei den Demos dabei war. Sie wissen nichts von meinem Leben, nichts. Mein Vater tut so, als wäre er ein Vorreiter der Revolution gewesen. Er will allen beweisen, wie progressiv er ist, wie sehr ihm der Islam egal ist.« Sie schwieg eine Weile, dann sagte sie: »Zum Glück hat Fanny dich. Du lässt sie sein, wie sie ist.«

Wirklich?, dachte Ada.

Sie schwiegen.

»Weißt du, was mir heute klar geworden ist?«

»Hm«, sagte Ada.

»Bisher dachte ich immer, dass ich zu schwach gewesen bin, aber jetzt denke ich, dass ich zu stark war. Und wenn ich das denke, dann kann ich auch wieder zurück nach Kairo. Weißt du, was es bedeutet, sich zu wehren, wenn man eine solche Mutter hat? Ich habe Sehnsucht nach Kairo, Ada, so seltsam das klingt. Ich will wieder an den Ort, an dem ich so mutig war. Ich fahre zu Nahlas Hochzeit. Gleich nach den Dreharbeiten.«

»Jetzt habe ich Angst, Sira«, sagte Ada.

»Ich muss. Klingt pathetisch, aber ich will wieder für was brennen. Hier ist mir alles sowas von egal geworden.«

»Ich weiß nicht, so kurz nach dem Putsch ...«, sagte Ada, aber dann brach sie ab und nahm Sira in den Arm.

Als sie wieder ins Wohnzimmer zurückgehen wollte, sagte Sira: »Du, noch was, ganz kurz. Das Gespräch gerade zwischen Regina und meinem Vater. Regina macht immer so einen auf oberpolitisch. Bei jedem Dreh macht sie auf oberpolitisch. Ist dir das schon mal aufgefallen? Als ob sie die einzige wäre, die was erlebt hätte. Als müssten wir ihre Revolution immer noch bejubeln. Findest du nicht? Uns hat keiner bejubelt. Oder hat uns irgendwer bejubelt, als wir aus Kairo hierher gekommen sind? «

»Was?« fragte Ada. »Was hat denn das eine mit dem anderen zu tun?«

»Wir sind auch als Fremde ins Land gekommen, oder etwa nicht? Nur haben wir uns eben nie beschwert, und Regina beschwert sich die ganze Zeit.«

»Regina beschwert sich doch gar nicht«, sagte Ada.

»Vielleicht nicht bei dir!«, sagte Sira.

»Und du bist doch keine Fremde in diesem Land.«

»Na ja, schon irgendwie.«

»Ich weiß nicht, Sira. Manchmal denke ich, du hast dich als Ägypterin erfunden, vor Tahrir warst du nämlich keine, jedenfalls keine solche«, sagte Ada.

»Ich hab mich als Ägypterin erfunden?«

Bevor Ada antworten konnte, wurde im Wohnzimmer geklatscht. Ada und Sira kamen dazu und sahen, wie die Mutter mit einem Lächeln und geneigtem Kopf dasaß und den Applaus entgegennahm. Dann drehte sie ruckartig den Kopf in die Richtung, in der Ada und Sira standen, und ließ den Flügeldeckel mit einer blitzschnellen Bewegung zuschnappen. Ada schaute zu Boden. Olaf bedankte sich, der Vater sprach noch von General Sisi und der infantilen Seele der Ägypter. Die Mutter gab Regina und Olaf die Hand, ging an

Sira und Ada vorbei, ohne sie eines Blickes zu würdigen, und verschwand in ihrem Schlafzimmer.

Als sie die Treppen hinunterstiegen, sang Olaf: »Taty, Taty, Demokraty«, und Sira sagte: »Sei leise, bitte! Ich kann dieses Lied nicht ertragen.«

»Aber auf der Bühne bringen wir es laut, Taty, Taty, Demokraty, und die Bilder vom Tahrir-Platz von diesen Massen und den Männern und Frauen, die auf Ampeln und Panzerfäusten sitzen und dabei ihre Fahnen schwenken. Einen großen Wasserwerfer am rechten Bühnenrand, unter dessen Strahl du dich duschst. Und der Föhn, der Föhn muss auch noch rein, aber wie ich das mit der Kairo-Nummer kombiniere, weiß ich noch nicht.«

»Halt doch einfach mal die Klappe«, sagte Regina.

»Ach, komm, lass mich doch rumspinnen! Von deinen Eltern war ich sowieso total beeindruckt, Sira. Wie elegant die beiden sind. Das Kostüm deiner Mutter, der Hammer, und sie ist ja echt eine Pianistin! Und dein Vater: ein wirklicher Theaterkenner und Grandseigneur. Wenn ich nur solche Eltern hätte. Taty, Taty, Demokraty!«

REIGEN

Das Paar schreitet geschwisterlich auf das Hinterhaus zu. Sie versuchen nicht, sich voneinander abzusetzen, also sind sie wahrscheinlich keine Geschwister, sondern Mann und Frau. Ihre Unterschiede schimmern nur durch den Einheitslook hindurch, sind aber nicht dazu da, Nischen zu besetzen und Neid zu kanalisieren. Wahrscheinlich haben die beiden anfangs gedacht, das läge alles sehr nahe mit ihnen. Doch jetzt trennt sie gerade das Naheliegende, jetzt nehmen sie sich gerade das so übel. Sie haben sich nur einen einzigen Blick zugeworfen, aber dieser eine hat genügt, um eine solche Gehässigkeit auszudrücken, wie sie nur Menschen *in petto* haben, die alle Hoffnungen in der Pfanne des anderen verbraten haben.

Nach einer Stunde kommt das Paar zurück, das Geschwisterliche ist ihnen entwichen, jetzt gehen sie so, als kennen sie sich nicht.

Der braune Schuh

Heute, am 1. Februar 2011, würde sich Husni Mubarak in einer Ansprache an das Volk wenden. Er würde abdanken, heute würde es passieren, auch wenn die meisten, die ihr ganzes Leben unter Mubarak verbracht hatten, kaum daran glauben konnten. Selbst Nahla hatte vorhin noch gesagt, dass sie nicht wüsste, ob es wirklich das Beste für Ägypten sei, wenn er abdankte. Zuerst konnte Sira Nahlas Zweifel nicht verstehen, doch dann erinnerte sie sich, wie unantastbar Mubarak selbst für ihre Familie immer gewesen war. Ein Halbgott. Ein gehasster Halbgott. Er – und nur er – hatte das Recht, Entscheidungen zu treffen.

Dennoch: Genau dieser Mann würde jetzt abdanken. Sein Gesicht würde auf dem Bildschirm erscheinen. Er würde sich nicht entschuldigen, aber er würde verschwinden. Die Millionen, die er dem ägyptischen Volk gestohlen hatte, waren verloren und längst außer Landes, aber seine Ära würde zu Ende gehen, heute, in wenigen Augenblicken, und alles wäre gut, oder besser: Alles würde sich zum Guten wenden.

Der Wind fuhr nun in die Leinwände, auf denen gleich Mubaraks Gesicht erscheinen würde, und ließ sie erzittern. Noch aber war es nicht so weit. Noch ging ein Mann mit einem Tablett an Sira und den anderen vorbei, auf dem er kleine Teegläser trug. Noch wurde über dieses und jenes diskutiert, aber das alles geschah nur zum Zeitvertreib. Denn seit der Kampf vorbei war, war es sehr ruhig auf dem Platz geworden. Warten, warten, warten – das war das einzige, was es zu tun gab.

Sira und Nahla gingen an einem Zelt vorbei, in dem sich ein Friseur eingerichtet hatte. Wie konnte man sich jetzt um seine Haare kümmern, dachte Sira, doch Nahla sagte: »Kommt, wir machen uns schön.«

»Stimmt eigentlich. Wenn andere auf dem Platz heiraten, dann können wir uns auch die Haare schneiden«, sagte Walid.

Nur Myriam schaute Nahla skeptisch an.

»Sollte er tatsächlich abdanken, wird er auch aus seinem Rücktritt noch eine Inszenierung machen. Ihr werdet sehen, es wird sich hinziehen, dieser Hurensohn wird uns warten lassen. Wahrscheinlich hockt er selbst gerade beim Friseur und lässt sich seine Haare färben, der Esel. Machen wir uns also so schön wie möglich. Haareschneiden – warum nicht?«, sagte Aziz.

Sira wollte sich nicht die Haare schneiden lassen. Sie hatte sich nicht einmal geduscht. An einem Tag wie diesem konnte man nichts tun.

Genauso war es Ada gegangen, an jenem Donnerstag, als sie sich von Farid hatte scheiden lassen. Sie hatte Sira erzählt, wie sich damals alles sinnlos und dekadent angefühlt hatte, dekadent, weil es zu einem Leben vor der Scheidung gehörte, das in Kürze Vergangenheit sein würde.

Sira sah ihre Cousinen, Walid und Aziz auf Schemeln sitzen, hörte die Friseure mit Scheren um ihre Ohren herum klappern, und plötzlich überkam sie eine solche Zärtlichkeit für diese Menschen, nicht nur für ihre Cousinen und Walid, sondern auch für den Friseur, für den Mann mit dem Teetablett und die Ultras, jene Fußballfans, die in den vordersten Reihen gegen die Sicherheitskräfte gekämpft hatten. Sie war so gerührt von all diesen Menschen, die Mubarak zu Fall gebracht hatten, dass ihr die Tränen in die Augen stiegen. Und dann dachte sie an Mubarak, diesen alten Mann mit seinem schwarzgefärbten, pomadisierten und streng nach hinten gekämmten Haar und nun empfand sie auch für ihn eine Zärtlichkeit, für ihn, der gleich zurücktreten und ihnen allen eine Zukunft schenken würde.

Nachdem alle Haare geschnitten und von den Schultern gepinselt waren, nachdem sie bezahlt, einen weiteren Tee getrunken und noch eine Stunde auf dem Platz herumgestreunt waren, erschien der Präsident endlich auf der Leinwand, riesengroß, majestätisch und trotz Anzug, Krawatte und aller Staatsmännigkeit märchenhaft. Er sprach mit einer Stimme, die so betörend war, dass man meinen könnte, er säuselte seine Worte einer Geliebten ins Ohr – oder seiner frisch geborenen Tochter.

Die Menschen auf dem Platz waren still. Sira hätte nie für möglich gehalten, wie still es auf diesem Platz werden konnte. Mubarak richtete sich an seine Söhne und Töchter, mit Stolz, wie er sagte, mit Stolz in dieser schweren Stunde. Seine Stimme war so sanft, seine Mimik so souverän und ruhig, dass Sira erneut Mitgefühl für ihn empfand, für diesen alten Mann, den sie jetzt verjagten, auch wenn er sein Volk jahrzehntelang unterdrückt hatte, für diesen Mann, der Menschen gefoltert und ausgebeutet hatte. Mubarak sprach davon, dass diejenigen Kräfte, die die Jugend angegriffen hätten, bestraft werden würden, und sie, die Söhne und Töchter Ägyptens, straffrei bleiben sollten. Doch der Jubel blieb aus, vielmehr wuchs die Anspannung, und Sira verstand nicht, warum. Sie schaute sich um, versuchte, in den Gesichtern zu lesen, aber es gelang ihr nicht.

Während sie sich noch über die Stimmung auf dem Platz wunderte, die sich so gar nicht in Richtung Jubel entwickeln wollte, wurden die ersten wütenden Rufe laut. Die Menge schrie: »Betrüger!« Da streckte plötzlich ein Mann links vor ihr seinen Schuh in die Höhe, dann ein weiterer, und immer mehr, bis sich die Schuhe und die Rufe zu einem Protestmarsch durch die Luft vereinigten und sich parallel zu Mubaraks Rede steigerten, der Rede, die jetzt gerade eine unerwartete Wendung nahm: Er dankte nicht ab. Er dankte gar nicht ab.

Mubarak dankte nicht ab. Er speiste die Demonstranten, seine Söhne und Töchter, mit der Nachricht ab, dass er nicht erneut kandidieren werde. Das war's. Er war vor sein Volk getreten, um die größte aller Zumutungen zu formulieren: im Amt zu bleiben. Sira war ihm auf den Leim gegangen, diesem schwarz gefärbten Teufel mit der samtenen Stimme, hatte sich einlullen lassen von seinen Worten. Sie war so naiv gewesen, so wahnsinnig naiv.

Sira schaute sich um, Nahla und Myriam stand das Entsetzen in die Gesichter geschrieben, Aziz brüllte bereits. Walid schaute zu Boden. Da spürte Sira plötzlich einen unbändigen Hunger. Sie, die den ganzen Tag nichts zu sich genommen hatte, weil sie erst wieder in einem neuen Ägypten essen wollte, hatte jetzt nur einen Gedanken: Essen.

»Hast du auch so einen Hunger?«, fragte sie Nahla, die neben ihr kniete, und erst da merkte sie, dass Nahla kurz vor einem Zusammenbruch stand. Sie hielt sich kreidebleich an Aziz' Hosenbein fest. Aziz brüllte währenddessen Mubaraks Gesicht an, bis sich seine Stimme überschlug.

»Was?«, fragte Nahla und wendete langsam ihren Kopf Sira zu.

Als Sira gerade aufbrechen wollte, um sich etwas Essbares zu besorgen, traf sie ein Schuh am Kopf. Ein alter, brauner Männerschuh mit durchgescheuerter Sohle, der sich an seiner Spitze leicht nach oben bog. Der Schuh sah aus, als wäre er ein Requisit aus einem Film, der irgendwann über den heutigen Tag gedreht werden würde. Sira hob ihn auf und wendete den anderen den Rücken zu. Sie wollte jetzt einen großen Teller mit Lamm, Reis, Brot und Sauce. Sie wollte nach Zamalek in das kleine Restaurant, das trotz Ausgangssperre geöffnet war und in dem es das Lammgericht mit Rosinen und Nüssen gab. Alles andere war ihr gerade egal.

Um sie herum tobte nur noch Wut und Empörung. Die Scham darüber, dass sie soeben noch einen zärtlichen Gedanken an den großen Lügner verschwendet hatte, sorgte dafür, dass sie alles gedämpft wahrnahm. Während sie mit dem Schuh in der Hand davonlief, begann der Platz sich plötzlich zu drehen; natürlich drehte sich nicht der Platz, sondern die Menschenmasse drehte sich, immer schneller, je mehr Schuhe durch die Luft flogen. Die Söhne und Töchter Ägyptens rotierten nun um einen Mittelpunkt, der sie ansaugte, eine gewaltige Zentripetalkraft entwickelte und den Strudel enger um sich herum wickelte. Sira versuchte sich so weit wie möglich ans Äußere des Kreises zu bringen, um nicht mitgerissen zu werden.

Zum Glück hatte sie den Schuh, ohne ihn hätte sie diesen Ort nicht verlassen können. Sie brauchte den Schuh, weil er bezeugen würde, dass sie keine Verräterin war, auch wenn sie jetzt Hunger hatte und sich auf dem Weg in ein Restaurant befand, in dem es Lamm mit Rosinen und Nüssen gab.

Sira kämpfte sich durch die Masse, und als sie an einer der Seitenstraßen angelangt war, rannte sie so schnell, wie sie nur konnte. Einmal blickte sie noch zurück, doch da hatte der Platz die Demonstranten schon eingesaugt.

Sie rannte, bis sie ein Taxi fand, das sie tatsächlich und ohne weitere Zwischenfälle in das Restaurant nach Zamalek brachte. Nicht einmal die Zivilisten an den Checkpoints hatten sie aufgehalten. Sira bestellte das Lamm, dazu ein Glas Orangensaft, eine Nachspeise, einen Tee und die Rechnung. Danach sperrte sie sich auf dem Klo ein, bis sie bereit war, einen Blick auf den Fernseher zu werfen, in dem sie alles vermutet hatte, nur nicht das bekannte Bild: den Platz voll Demonstranten.

Sie blieb lange vor dem Fernseher sitzen, dann fuhr sie mit dem Taxi nach Hause. Es war niemand da. Sie zog den Bettkasten auf und versteckte den Schuh hinter Decken und Kissen.

Am darauffolgenden Tag – der als Kameltag in die Geschichte eingehen sollte – ritten Männer auf Pferden und Kamelen über den Tahrir-Platz und richteten mit Messern, Knüppeln und Steinen ein Massaker an. Das Militär hielt still.

REIGEN

Eine Familie mit Zwillingen im Kinderwagen betritt den Hinterhof. Durch die Bluse der Mutter kann man Still-Pads erkennen. Der Vater schleppt zwei Einkaufstüten und eine große Packung Windeln. Als sie die Stufen zum Hinterhaus erblicken, bleiben sie einen Moment stehen, als laufe in ihnen ein Programm ab, das dieses unerwartete Hindernis erst kalkulieren muss. Dann lässt der Vater die Tüten sinken, und die Mutter beginnt, die beiden Hartschalen aus der Wagenverankerung zu lösen. Es klackt zweimal, dann hebt sie die Hartschalen heraus und hängt sich die eine in die linke und die andere in die rechte Armbeuge. Als der Mann den Wagen an die Seite rollt und die Bremse einrasten lässt, kippt eine der beiden Tüten um, und vier rotwangige Äpfel rollen über die Pflastersteine. Der Mann bleibt wieder kurz stehen, hebt die Äpfel einen nach dem anderen auf, legt sie zurück in die Tüte und folgt seiner Frau, die bereits die Treppenstufen erklommen hat und gerade versucht, sich mit beiden Hartschalen durch die Tür zu zwängen.

Nach einer Stunde kommen sie zurück. Die Zwillinge schreien. Die Mutter setzt sich auf die Bank vor Adas Fenster und stillt das eine Baby, während der Vater das andere wippend durch den Hof trägt, ihm rhythmisch auf den Rücken klopft und etwas vor sich hin summt. Nach einer Viertelstunde nimmt er der Mutter den beim Stillen eingeschlummerten

Säugling ab und übergibt ihr das immer noch schreiende zweite Bündel, das sich an der Brust der Mutter sofort beruhigt. Der Vater legt den schlafenden Zwilling zurück und montiert beide Hartschalen wieder auf dem Wagen, dann setzt er sich auf den Treppenabsatz und isst die Äpfel samt Kerngehäuse, einen nach dem anderen, alle vier.

Den Stiel des letzten Apfels dreht er zwischen Daumen, Zeige- und Mittelfinger hin und her und betrachtet ihn, bis auch der zweite Zwilling schläft, und sie alle gemeinsam ihrer Wege ziehen.

Zu fern, zu nah

Farid stand in seinem Laden, hatte Fanny die Augen verbunden und steckte ihr einen Löffel in den Mund.

»Und das?«, fragte er. »Nach was schmeckt das?«

»Eklig«, sagte Fanny, »das schmeckt nach eklig.«

»Eklig heißt Auberginenmousse, und eklig ist ganz lecker und vor allem habe ich eklig heute frisch gemacht«, sagte Farid, küsste Fannys Nase und nahm ihr die Augenbinde wieder ab.

Fanny schüttelte sich und strahlte ihn an.

Farid sah auf die Uhr. Gleich kam Ada. Jede Woche freute er sich darauf, Ada zu sehen, auch wenn die meisten Treffen im Streit endeten. Manchmal kam es ihm vor, als fiele ihnen schlicht keine andere Form des Umgangs miteinander ein.

Vor ein paar Wochen saß er einmal in einem Restaurant, während Ada auf der anderen Straßenseite an ihm vorbeilief. Natürlich hatte er sie erkannt, und doch war ihm ein Moment geschenkt worden, in dem er sie wie eine Fremde wahrnahm. Seither war sein Wunsch, noch einmal mit Ada zu schlafen, stärker geworden.

Alles war so einfach, wenn Fanny da war, sein Leben hatte dann eine klare Richtung und einen simplen Rhythmus. Dass er nicht viel Zeit für sie hatte, störte Fanny nicht. Es machte ihr Spaß, alleine von der Schule in den Laden zu fahren und mit ihm hinter dem Tresen Schüsseln aufzufüllen. Abends packten sie die Reste aus der Theke zusammen, breiteten eine Tischdecke auf dem großen Teppich im Wohnzimmer aus und veranstalteten ein Picknick. Dazu hörten sie Hörspiele, und wenn sie ins Bett gingen, dachte Fanny sich einen Satz aus, aus dem er eine Geschichte drehte. Das war's, mehr brauchten sie nicht, um miteinander glücklich zu sein.

Warum Ada ihre Tochter oft als Belastung sah, hatte er nie verstanden. Wenn sie sich darüber beklagte, dass Fanny mehr von ihr verlange, als sie geben könne, dann lag das nur daran, dass sie ihr eigenes Leben gegen Fannys Leben verteidigte, statt es mit ihr zu teilen. Es gab kaum ein Thema, über das sie sich mehr gestritten hatten als über dieses. Er habe leicht reden, hatte Ada dann immer gesagt, er, der sich sowieso alles vom Leib halte. Er wusste bis heute nicht, was sie damit meinte.

»Papi, mir ist langweilig«, sagte Fanny, und Farid gab ihr einen Stapel Aufkleber, den sie auf Papiertüten kleben durfte.

Der Laden war bunt gekachelt, in der Theke türmten sich die Schüsseln mit Speisen, im Regal standen Weine, Säfte und Chutneys, und hinter Farid mahlte eine verchromte Espressomaschine lautstark ihre Bohnen. Die Stehtische waren mit Ranunkeln und kleinen Kerzen geschmückt, und überall hingen die dunklen Ölgemälde von Farids griechischem Schulfreund, der es als Maler nie zu etwas bringen würde. Im Hintergrund summte Glenn Gould zu Bach, und Fanny drückte auf der Kasse herum, als die Tür aufging und Ada hereinstürmte.

Fanny lief ihr entgegen, aber Ada war bleich und starrte Farid an. Ada küsste Fanny auf den Kopf, dann sagte sie zu Farid, ohne ihn anzusehen: »Kommst du mal kurz?«

Farid schaute sie fragend an, aber sie wich seinem Blick

wieder aus. Also sagte er zu Fanny: »Könntest du den Blumen noch Wasser geben, wenn du mit den Tüten fertig bist? Ich muss kurz mit Mami draußen sprechen«, und ging mit Ada vor den Laden.

»Die Kulturwissenschaftlerin …«, begann Ada mit Blick auf Farids Schuhe und räusperte sich. »Sie ist schwanger.«

Farid schaute zu Boden.

»Ich habe sie heute in der U-Bahn gesehen. Sie ist schwanger, Farid.«

»Ja«, sagte er.

»Ja? Ist das alles?«

»Ich wollte es dir letztes Mal sagen, aber …«

»Letztes Mal?«

Er nickte.

»Ist es von dir?«

»Ich wollte es dir sagen, Ada, aber dann …«

Ada packte Farid am Pullover, schaute ihn mit Tränen in den Augen an und schüttelte ihn: »Das darf doch nicht wahr sein, bitte, sag mir, dass das nicht wahr ist!«

Farid sagte nichts, schaute nur weiter zu Boden. Er hatte es ihr wirklich sagen wollen, deswegen war er neulich überhaupt mit reingekommen, doch dann hatte Ada diese Bluse getragen, bei der immer der oberste Knopf aufging, und dann war es nicht dazu gekommen. Außerdem überforderte ihn Kirstens Schwangerschaft. Am liebsten würde er gar nicht weiter darüber nachdenken, bis das Kind da war. Natürlich würde er für Kirsten und das Kind sorgen, das war klar, aber wenn es etwas gegeben hätte, das er nie gewollt hatte, dann das. Seine Eltern wussten nicht einmal, dass es Kirsten überhaupt gab. Und jetzt bekam sie ein Kind von ihm. Außerdem reagierte Kirsten auf alles, was mit dieser Schwangerschaft zusammenhing so vernünftig, dass es ihm fast unheimlich war. All das befremdete ihn. Er war kein Mann, der ein Kind von einer Frau bekam, die er nicht liebte. Und er war auch kein Mann, der so etwas seiner Ex-Frau mitteilen wollte, bevor er selbst einen Plan hatte, wie es weitergehen sollte.

»Es ist wahr. Sie bekommt ein Kind von dir«, sagte Ada.

Farid schwieg. Ja, dachte er, ich bekomme noch ein Kind. Ich wollte auch mit dir noch ein Kind haben. Aber du wolltest keins mehr. Wenn du noch eins gewollt hättest, dann wäre das hier alles nicht passiert.

»Weiß Fanny es schon?«

»Nein.«

»Nein?«

»Nein.«

»Und?«

»Ich dachte, wir könnten es ihr vielleicht zusammen sagen«, sagte Farid.

»Wir? Spinnst du?«

»Ich dachte ...«

»Ich soll meiner Tochter sagen, dass ihr Vater eine andere Frau geschwängert hat? Ich soll ihr das sagen?«

»Ich dachte, das wäre am einfachsten für sie«, sagte Farid. »Ada, bitte, ich war noch nie in einer solchen Situation. Ich meine, ich weiß wirklich überhaupt nicht, was ich machen soll. Meine Mutter ...«

Ohne sich seine letzten Worte anzuhören, lief Ada in den Laden, bat Fanny, sich anzuziehen und ihre Tasche zu holen und zog sie an Farid vorbei zur U-Bahn.

Farid ging zurück in den Laden und kniete sich hinter dem Tresen auf den Boden. Die Tür öffnete sich, er erhob sich erleichtert, aber es war nur die ältere Dame, die immer um diese Zeit kam, um sich ihr Essen zu holen. Als sie wieder gegangen war, nahm Farid ein Bier aus dem Kühlschrank.

Er hatte gehofft, er könnte friedlich mit Ada sprechen. Sie und er waren seit einem Jahr getrennt, seit einem ganzen Jahr. Sie hatten seither nicht mehr miteinander geschlafen, nicht ein einziges Mal. Zum Glück konnte man wenigstens mit Kirsten vernünftig reden, zum Glück merkte sie wenigstens, wie sehr er sich trotz allem auf sein Kind freute. Zum Glück wusste sie, dass er kein Arschloch war. Er wählte Adas Nummer und sagte: »Es tut mir leid, ich hab's vergeigt. Ich wollte dich nicht verletzen, ich wollte, dass wir das zusammen meistern, dass wir für Fanny in dieser Sache zusammenstehen.«

»Fuck you!«, sagte Ada und legte auf.

REIGEN

Der Frau, die mit ihren Schritten den Hinterhof tackert, fehlt die zweite Hälfte. Sie läuft schnell und doch gebremst, so als zöge sie etwas Unsichtbares hinter sich her. Es dauert eine Weile, dann erscheint ein Lahmer mit semmelblondem Haar. Er wirkt blutleer, das Leben rieselt unablässig aus ihm heraus. Ob der Semmelblonde wirklich an der Resoluten hängt, ist nicht auszumachen, vielleicht wäre er sofort gelöst, drosselte sie das Tempo.

Auf dem Rückweg spricht die Tack-Tack-Tack-Führerin von dem gemeinsamen Haus und weist ihm den Weg. Er nennt sie Schnecke, kriecht noch eine ganze Weile durch den Hof und hinterlässt einen trägen Film. Da ist sie schon längst verschwunden – mit dem Haus, das sie ihm voranträgt.

Gleich nah, gleich fern

Als Ada mit Fanny in der U-Bahn saß, drückte sie ihrer Tochter wortlos das Smartphone in die Hand: »Spiel!«

»Sonst sagst du immer …«

»Spiel, Fanny, ich bitte dich, spiel!«

Farid wurde wieder Vater. Der Satz klang nicht besser, je öfter sie ihn dachte, er wurde nicht besser und er wurde auch nicht wahrer. Das war ein Satz, den man nicht denken konnte, ohne ihn als Lüge abzustempeln. Farid war der Vater ihres Kindes. Er war nicht der Vater irgendeines Kindes. Ein Kind würde auf die Welt kommen, eines, mit dem sie etwas zu tun haben würde, ob sie wollte oder nicht. Sie wollte nicht. Sie wollte nichts mit diesem Kind zu tun haben. Sie wollte keine Tochter haben, die ein Geschwisterkind bekam, mit dem sie nichts zu tun haben wollte. Sie wollte das alles nicht.

Das Telefon klingelte, Ada nahm es Fanny aus der Hand. Farid sagte etwas, der Empfang war schlecht, es knackte und rauschte, aber was auch immer es war, ihr fiel nur eine Antwort ein. »Fuck you!«, sagte sie, legte auf und gab Fanny das Telefon zurück.

»War das Papi?«, fragte Fanny.

»Verwählt«, sagte Ada.

»Echt?«, fragte Fanny.

Vielleicht würde es schiefgehen, dachte Ada jetzt, und dann war die Kulturwissenschaftlerin für immer passé. Vielleicht verweigerte sie Farid und Fanny ja auch jeglichen Kontakt. Vielleicht zog sie nach Australien zu einem Viehzüchter, würde zu ihr passen, so als romantischer Gegenentwurf zu der ganzen Theorie. Wenn die hysterische Kuh herausfand, dass Farid sie nicht liebte, dass er immer noch seine Ex-Frau liebte, dass er überhaupt kein Kind von einer Frau wie ihr haben wollte, weil sie zu theoretisch war, weil der Sex mit ihr auch zu theoretisch war. Und außerdem: Vielleicht war das Kind auch gar nicht von ihm, vielleicht hängte sie es ihm auch nur an. Frauen sind berechnend, hatte ihre Mutter früher gesagt.

Neben Ada ertönte jetzt ein metallischer Tusch, Fanny rief: »Gewonnen!« und tippte weiter.

Bei der nächsten Station zog sie Fanny aus der U-Bahn und kaufte sich einen Schnaps am Kiosk.

»Mami?«, fragte Fanny.

Ada schüttelte den Kopf.

»Was ist das?«

»Schnaps«, sagte Ada.

»Schnaps«, wiederholte Fanny. »Ach so.«

Ach so? dachte Ada und sagte: »Ja: ach so!«

»Und wohin gehen wir?«, fragte Fanny, während Ada vier verschiedene Schokoriegel kaufte.

»Ich bring dich zu Hertha«, sagte Ada.

»Ist die Schokolade für mich? So viel Schokolade?«

»So viel Schokolade.«

»Ich mag Hertha nicht«, sagte Fanny.

»Geht leider nicht anders. Ich muss morgen früh gleich los. Zu Oma und Opa zum Drehen«, sagte Ada und legte Fanny die Hand auf den Kopf

»Oma und Opa? Kann ich nicht mitkommen?«

»Bekommst zehn Euro«, sagte Ada.

Fanny schaute sie entgeistert an: »Zehn Euro?«

»Ist doch egal, ja, Fanny, verdammt«, sagte Ada.

Dann sagte Fanny nichts mehr, sondern ging schweigend neben ihrer Mutter her. Ab und zu schaute sie Ada von der Seite an. Ada nahm Fanny wortlos an die Hand. Beim Abschied sagte Fanny nichts, sondern tat, als wäre alles wie immer – das Spiel und die Schokolade, der Schnaps und die zehn Euro.

Ada ging nach Hause, stellte sich in den Hinterhof, blickte in den Himmel und malte eine Acht in die Luft – zuerst mit dem rechten, dann mit dem linken Zeigefinger.

Ein gutaussehender Mann trat aus dem Hinterhaus und kam auf sie zu: »Kann ich Ihnen helfen?«, fragte er sanft.

»Mir?«, fragte Ada. »Schön wär's.«

»Sie weinen.«

»Nein«, sagte sie.

»Nein«, sagte er und blieb neben ihr stehen.

Sie musterte ihn: »Sind Sie der Paartherapeut? Das fehlt mir gerade noch.«

»Das ist mein Bruder«, sagte er.

»*Eine* Mutter?«

»Was?«

»Haben Sie dieselbe Mutter?«, fragte Ada.

»Hm«, sagte er und musterte sie zurück.

»Lebt sie noch?«, fragte sie.

»Nein«, sagte er. »Sie ist bei seiner Geburt gestorben. Er ist der jüngere, ich bin der ältere.«

»Bei der Geburt gestorben. Das tut mir leid. Bei der Geburt?«, plötzlich änderte sich ihr Ton: »Gibt es sowas noch, passiert das heute überhaupt noch?«

»Selten«, sagte er. »Beim Stand der heutigen Medizin noch seltener als damals. Aber ab und zu mal: ja.«

»Ab und zu mal«, sagte sie und dachte an Kirsten.

»Sind Sie sicher, dass ich nichts für Sie tun kann?«, fragte er. »Sie sehen nicht gut aus, auch wenn Ihnen das Weinen steht.«

Sie schaute ihn an und hob die Augenbrauen.

»Ist ein komischer Spruch, ich weiß schon, aber es stimmt.«

»Wollen Sie was trinken?«, fragte sie und lächelte ihn an.

Er schaute ihr lange in die Augen.

»Ich wohne gleich hier«, sagte sie und deutete auf ihr Wohnzimmerfenster.

Er nickte. Sie gab ihm einen Kuss auf den Mund. Dann gingen sie hinein, und nach ein paar Minuten zog Ada den Vorhang zum Hof zu.

REIGEN

Der Mann hat zwei dunkelbraune Möpse an der Leine. Während er die beiden Hunde umständlich am Geländer der Treppe festbindet und ihnen mehrfach versichert, dass er in einer Stunde wieder da sei und sie dann ein großes Leckerli bekämen, nimmt die Frau einen Taschenspiegel aus der Tasche und betrachtet sich mit hochgezogenen Augenbrauen. Dann holt sie eine kleine, goldene Dose Haarspray heraus und sprüht in einem großen Kreis einmal um ihren Kopf herum. Sie wedelt mit dem Spiegel vor ihrer Nase, tritt ein paar Schritte aus der Spraywolke heraus, verstaut alles wieder in ihrer Tasche und betastet ihr Haar vorsichtig mit beiden Händen.

Genauso hat Ada einmal in der Schule eine Dame in einem Theaterstück von Ephraim Kishon gespielt, genauso.

Der Mann krault seine Möpse am Bauch, erhebt sich und geht zu der Damendarstellerin hinüber.

»Hier stinkt's«, sagt er.

»Du auch«, sagt sie.

Auf dem Rückweg ist der Haarsprayhelm der Frau nach links verrutscht. Sie sieht jetzt aus wie Fürstin Gloria in ihren wildesten Zeiten. Der Mann beugt sich zu seinen beiden Möpsen herunter, bindet sie los und streicht ihnen das Fell glatt.

Keine Gesichter

»Hast du Farid in letzter Zeit mal gesehen?«, fragte Ada Sira so beiläufig wie möglich, als sie mit ihr und den anderen im Auto auf dem Weg zu ihren Eltern nach Köln saß, aber Sira antwortete ohne Flattern im Blick: »Nein, wieso?«

Ada lehnte sich zurück und atmete aus. Zum Glück hatte Farid Sira noch nicht eingeweiht.

Farid bekam ein Kind und sie bekam nicht einmal mehr eine Affäre hin. Vielleicht brauchte sie einen Dritten, um zu zweit glücklich zu sein; vielleicht brauchte sie zwei Pole zwischen denen sie hin und her schwingen konnte, damit die Abstoßungskräfte des einen den Anziehungskräften des anderen gleichkamen, dachte Ada, als Sira fragte: »Wieso fragst du?«

»Nur so.«

Farid rief während der Fahrt mehrmals an, aber Ada nahm nicht ab. Sie versuchte zu schlafen. Dann waren sie da.

Ihre Mutter öffnete die Tür in einem dunkelblauen Hosenanzug mit akkurat gebügelter Falte und Nadelstreifen, nahm Ada in den Arm und sagte: »Hallo, Ada, gut siehst du aus! Hast du abgenommen?«, dann wandte sie sich den anderen zu: »Herzlich willkommen!«

Ada ignorierte die Frage ihrer Mutter und wunderte sich über den Hosenanzug. Ihre Mutter hatte noch nie einen Hosenanzug getragen, weil Hosenanzüge ihrer Meinung nach etwas für Emanzen waren.

Ihr Vater kam aus dem Garten, drückte Ada an sich und

sagte: »Schön, dass ihr da seid!« Dann nahm er ihr die Kameratasche und Sira den Rest des Gepäcks ab, plauderte erst mit Regina über die Fahrt und dann mit Olaf über Berlin.

Auf dem Sofatisch lagen mehrere Zeitungen und Zeitschriften aufgefächert wie in einer Hotellobby. Ada sah genauer hin: Es waren fast alles Zeitungen und Zeitschriften, die ihre Eltern nicht lasen: NZZ, taz, Spiegel.

»Schau nicht wieder so streng«, flüsterte ihr der Vater ins Ohr. »Sie dachte, das imponiert den Berliner Künstlern. Du kennst sie doch, sie hat so einen Respekt vor dir. Ich fand's auch etwas übertrieben, dieses hochgestochene Zeug zu kaufen.«

Adas Mutter hatte inzwischen Sira im Arm: »Wie geht es deiner Mutter?«

»Ja, gut, doch«, sagte Sira.

»Leicht hat sie es ja nicht, deine Mutter. So weit weg von ihrer Heimat, ihrer Kultur.«

»Hm«, sagte Sira.

»Welches Sternzeichen war sie nochmal?«, fragte der Vater.

»Skorpion«, sagte Sira.

»Stimmt, ja, stimmt, puh, das ist für dich als Tochter sicher auch kein Spaziergang. Geht wieder ganz schön zur Sache in Kairo«, sagte der Vater jetzt. »Das nimmt dich sicher sehr mit.«

»Hm«, sagte Sira.

»Das kann ich mir vorstellen«, sagte der Vater. »Ich weiß ja nicht, ob das klappen kann da unten. Das mit der Demokratie. Aber vielleicht brauchen sie die ja auch gar nicht. Vielleicht sind die sogar schon weiter als wir. Also jetzt vom Kopf her«, sagte der Vater und tippte sich an die Stirn. »Aus dem Orient kommt doch die Weisheit, oder Ada, du musst sowas doch aus deinem Studium wissen, stimmt's?«

Sira schaute zu Boden.

»Hm«, sagte Ada.

»Wollt ihr Apfelkuchen?«, fragte die Mutter. »Omi kommt auch gleich, sie wollte sich das nicht entgehen lassen.«

Ada nickte und baute ihre Kamera auf.

Der Vater schenkte Kaffee ein, und die Mutter fragte, ob jemand geschäumte Milch wolle. Geschäumte Milch?

»Wir haben jetzt einen Milchaufschäumer«, sagte der Vater, der auch diesen Blick seiner Tochter bemerkt hatte.

Eine brüchige, helle Stimme rief aus dem oberen Stockwerk: »Ada?«

»Ja, Omi«, rief Ada zurück und ging ihrer Großmutter entgegen.

Die Großmutter kam die Treppe herunter und küsste Ada auf beide Wangen. Ihre Haut war noch wachsartiger geworden, sie war frisch gecremt und roch nach Lavendel und Haarspray.

Die Großmutter beeilte sich, Sira zu begrüßen: »Sira? Das kann ja nicht wahr sein, aus dir ist ja eine junge Dame geworden! Bei Adas Hochzeit hattest du einen Blumenkranz im Haar, das sehe ich noch genau vor mir. Entzückend war das! Dieses dunkle Kind mit den weißen Blüten.« Dann gab sie Regina schnell die Hand, um mit einer Haltung auf Olaf zuzugehen, die nichts anderes bedeuten konnte, als dass sie vorhatte, sich von nun an ganz und gar ihm zu widmen: »Sie sind sicher der Regisseur.«

Olaf gab der Großmutter einen Handkuss.

»Sehr erfreut«, sagte er.

Regina und Ada schauten sich an.

»Ganz meinerseits«, sagte die Großmutter, »ganz meinerseits.« Ein Satz, den sie noch nie in den Mund genommen hatte.

»Bei welchem Theater sind Sie denn, wenn ich fragen darf?«

»Studio 12«, sagte er. »Ein Off-Theater«.

»Interessant. Orff ist ja ein interessanter Künstler gewesen, den man heute nur noch wegen dieses Xylophonzeugs kennt, wenn überhaupt! Dass Sie sich dafür noch interessieren, Chapeau, junger Mann! 36 hat er doch das Lied für die Olympischen Spiele komponiert. Das wissen Sie sicher. Die Musik, naja, aber die Spiele waren groß!«

Olaf nickte: »Riefenstahl wusste eben noch, wie man so was inszeniert«, und gab Ada ein Zeichen, dass sie sich mit der Kamera beeilen sollte.

Ada schaute ihn wütend an.

»Möchten Sie ein Stück Kuchen?«, fragte die Mutter Olaf, und Ada war ihrer Mutter das erste Mal im Leben dankbar dafür, dass sie immer das Thema wechselte, wenn es brenzlig wurde.

Regina hatte inzwischen das zweite Licht eingestellt, die Kamera lief. Ada zoomte auf einen kleinen Holzspiegel, der hinter ihrer Großmutter im Regal stand. Diesen Spiegel hatte sie zur Geburt bekommen, sie den Spiegel, ihr Bruder einen Rennwagen. Ihre Großmutter schwadronierte währenddessen weiter über Orff und bekam nun einiges durcheinander, gerade war sie in Bayreuth und bei der Winifred angekommen.

»Die Winifred, die mochte ich noch nie. Hatte Haare auf den Zähnen. Und dann diese völlig überzogene Verehrung für den Führer. Das passte doch alles nicht zusammen, diese

Dominanz auf der einen und die Verehrung auf der anderen Seite.«

»Ein bisschen Sahne zum Kuchen?«, fragte die Mutter Olaf.

Er nickte: »Danke, gern.«

»Sie können es sich ja leisten«, sagte die Großmutter schelmisch und zwinkerte ihm zu.

Adas Mutter saß auf der vorderen Kante des Sofas. Die Nadelstreifen zeichneten Kurven auf ihre mageren Oberschenkel, die sie möglichst unbemerkt wieder auf Linie zu bringen versuchte. Ada ließ vom Spiegel ab und zoomte die Streifen heran. Sie filmte die Beine hinab bis zu den Füßen, die sich sichtbar auf den Teppich pressten. Der Vater saß zurückgelehnt im Sessel, knetete mit beiden Händen seinen linken Fuß und wandte sich Regina zu: »Und Sie, sind Sie Berlinerin?«

»Nein, ich komme aus Leipzig.«

»Sind Sie da geboren?«, fragte der Vater.

»Ja«, sagte Regina.

»Interessant«, sagte er.

Ada wollte die Kamera gerade auf das Gesicht ihres Vaters schwenken, aber das Gespräch war bereits beendet, und so verfing sich ihr Blick in dem Seidenblumenstrauß, der neben ihm auf einem schmiedeeisernen Beistelltisch stand.

Als Jugendliche waren die Seidenblumen für sie der Inbegriff dessen gewesen, was sie an ihrer Mutter nicht ausstehen konnte. Als könnte man Lebendiges vortäuschen, indem man es konservierte. Dieser ständige Versuch, das Leben zu verschieben. Ihre Mutter tat nie etwas, wenn es gerade anstand, sondern immer erst, wenn es seine Dringlichkeit verloren hatte.

Ada schwenkte die Kamera auf einen Setzkasten, den ihr Vater mit Halbedelsteinen, kleinen Marienfiguren und mexikanischen Teufelchen befüllt hatte. Für ihre Mutter war jedes einzelne dieser Objekte ein Affront, vor allem die Marienfiguren, weil sie so achtlos zwischen dem ganzen Plunder lagen, als wären sie nichts wert.

»Ich bin ja ein großer Fan von Heinrich George«, sagte die Großmutter inzwischen zu Olaf.

»Das war noch ein echter Charakterdarsteller, so was haben wir heute gar nicht mehr!«, sagte Olaf und lächelte der alten Dame aufmunternd zu.

Ada sah Olaf schon wieder wütend an, aber Olaf ließ sich davon nicht beeindrucken.

»Und dass sie den jetzt im Nachhinein als Nazi verkaufen, ärgert mich. Ich finde das engstirnig. Ich will damit nichts verharmlosen, aber ich meine, wie der gespielt hat: Das ist doch über jeden Verdacht erhaben! Aber man darf das alles nicht mehr sagen, selbst wenn es sich nur um Kunst handelt und mit Politik nichts zu tun hat, darf man das nicht mehr sagen heute.«

Ihre Großmutter hatte solche Sachen immer schon gesagt, ihr ganzes Leben lang. Ada war damit aufgewachsen, dass ihre Großmutter am Tisch saß und solche Sachen sagte und niemand ihr widersprach. Sie selbst hatte auch nie widersprochen. Sie hatte immer gedacht, der beste Widerstand gegen die Geisteshaltung ihrer Großmutter wäre, sich ständig zu vergewissern, dass sie nichts, aber auch gar nichts, mit ihr zu tun hatte.

»Wollt ihr auch ein Stück Kuchen?«, fragte sie jetzt Regina und Sira. Dann fügte sie mit Blick auf ihre Mutter hinzu: »Olaf hat ja schon.«

»Ach, so natürlich«, sagte die Mutter, »ich dachte nur, die jungen Frauen achten ja heute immer so auf ihre Linie. Aber wenn Sie möchten, natürlich gerne, verzeihen Sie, ich wollte Sie nicht übergehen. Mit Sahne oder lieber ohne?«

Regina nahm vom Kuchen, Sira lehnte dankend ab.

»Mögen Sie den Schimanski auch?«, fragte die Großmutter wieder in Olafs Richtung.

»Klar«, sagte Olaf.

»Ist ja der Sohn vom Heinrich, das wissen Sie aber natürlich als Mann vom Fach, dass der Götz der Sohn vom Heinrich ist.«

Es war erstaunlich, wie gut sich Olaf und ihre Großmutter verstanden.

»Und Sie, junge Frau? Mögen Sie den auch?«, fragte die Großmutter.

Regina zuckte mit den Schultern: »Ich kenne ihn nicht so gut.«

»Ach, Verzeihung, ja, hab ich gar nicht dran gedacht. Gab's bei Ihnen drüben denn auch Krimis? Oder Theater?«

Ada schwenkte die Kamera jetzt durch das Wohnzimmer und blieb bei der Tür hängen. Sie zoomte so lange in die Glasscheiben hinein, bis das Bild verschwamm.

»Heiner Müller«, sagte Olaf.

»Stimmt, ja, Heiner Müller«, sagte die Großmutter.

»Heiner wer?«, fragte der Vater.

Die Großmutter warf Olaf einen Blick zu.

»Das Ost-Theater war sogar sehr berühmt«, sagte die Großmutter jetzt. »Was die alles zwischen den Zeilen ausdrücken konnten! Und dann diese Mythen-Kenntnis, bewundernswert.«

»Ja, und alles aus der Not geboren«, sagte ihre Mutter.

»Kennst du diesen Heiner Müller?«, fragte der Vater die Mutter leise.

»Ich nicht, aber Ada natürlich. Ada hat ja Germanistik studiert, ein paar Semester jedenfalls. Diese ganze Filmerei kam erst danach. Hat sie Ihnen das schon mal erzählt? Nein? Dachte ich mir. Es kommt mir fast so vor, als würdest du dich dafür schämen. Nur für die Filmerei schämst du dich nicht. Obwohl das ja schon ein sehr spezieller Beruf ist, nicht wahr? Versteh mich nicht falsch, Ada, ich finde, du betreibst ihn wacker, diesen Beruf, aber ich glaube schon, dass er den Männern Angst macht, das ganze Geschleppe, die Kabel, die Technik und dazu noch die ungeregelten Arbeitszeiten. Ich hab mir schon oft überlegt, ob du nicht lieber in die Werbung gehen solltest so wie die Cousine von Sabine – so etwas gibt es in der Filmbranche doch auch, oder?«

»Werbung?«, fragte der Vater.

Ada filmte die Füße ihrer Mutter, die versuchten, die Fransen des Teppichs in Ordnung zu bringen. Der Teppich, den sie damals in der Türkei gekauft hatten. Auf Augenmaß, erzählte ihre Mutter jedem, der das neue Stück im Wohnzimmer bewunderte, auf Augenmaß.

Regina folgte der Ausrichtung der Kamera und sagte: »Schöner Teppich.«

»Ach, der gefällt Ihnen? Das freut mich aber. Ich habe ihn nämlich auf Augenmaß gekauft, damals in der Türkei. Er ist nicht so stark gemustert«, sagte sie. »Starke Muster liegen mir nicht so, ich finde alles, was stark gemustert ist, aufdringlich, aber der hier ist dezent.«

Am Abend des Mauerfalls hatte ihre Mutter gesagt, die DDR werde jetzt filetiert und sich dabei die Lippen geleckt.

Die Mutter stand jetzt auf und sagte: »Ada, kommst du mal kurz?«

Ada bat Sira, die Kamera zu übernehmen, und folgte ihrer Mutter in die Küche.

Als sie ein Teenager war, hatte ihre Mutter viel von Mischehen geredet, wie interessant es doch sei, wenn zwei Menschen aus so gänzlich unpassenden Kulturkreisen zusammenfänden; und wie traurig es doch sei, sie alle scheitern zu sehen.

»Läuft das alles so, wie du es dir vorgestellt hast. Ich meine, machen wir alles richtig?«, fragte die Mutter.

Ada schwieg.

»Wir sollten doch sein wie immer, und ihr filmt das dann.«

»Ja«, sagte Ada.

»Ach, da bin ich aber erleichtert. Ich dachte schon, etwas stimmt nicht. Die Stimmung ist ein bisschen komisch, und ich finde auch, ihr könntet das Gespräch stärker lenken, sonst wird es vielleicht langweilig für euch.«

Im Beet vor der Küche stand ein Buddha.

»Übrigens: Man sieht's schon noch sehr, finde ich«, flüsterte die Mutter Ada zu.

»Was?«

»Na, das mit Regina«, sagte die Mutter. »Sie hat so was Graues an sich.«

Ada schwieg.

»Du siehst wirklich blendend aus«, sagte die Mutter. »Gibt es was zu erzählen, ich meine, weil du so blendend aussiehst?«

Farid bekommt ein Kind, dachte sie.

»Nein, nichts«, sagte Ada.

»Schade, ich hätte schwören können, dass was ist. Gleich als du reinkamst. Siehst schwanger aus oder so. Gar nicht füllig, nicht, dass du mich jetzt gleich wieder falsch verstehst.«

Ada schaute sie entsetzt an. Ihre Mutter hatte diese hellsichtigen Momente, die bei ihr aber fast immer zu falschen Schlüssen führten.

Farid bekommt ein Kind, dachte sie wieder.

»Farid?«, fragte die Mutter.

Hatte sie das laut gesagt? Ada erschrak. »Was?«

»Habt ihr euch versöhnt? Ist es das?«, fragte die Mutter weiter. »Es würde mich ja so freuen. Auch wenn wir uns anfangs schwer getan haben, mit den Jahren haben wir Farid schon sehr ins Herz geschlossen, und für Fanny wäre es schon sehr wichtig, wenn ihr euch wieder zusammenraufen würdet. Hat ziemlich angesetzt, die kleine süße Fanny. Ist ein richtiger Moppel geworden. Macht sie eigentlich Sport?«

Ada ging aus der Küche.

»Wisst ihr, was ich heute im Radio gehört habe?«, fragte die Großmutter. »Die Amerikaner haben im Zweiten Weltkrieg mit Fledermausbomben experimentiert.«

»Mit Fledermausbomben?«, fragte Olaf.

»Ja«, sagte die Großmutter, »das sollten Bomben mit kleinen Käfigen werden, in denen je eine Fledermaus sitzt und einen Zeitzünder umgeschnallt hat.«

»Omi, bist du sicher?«, fragte die Mutter.

»Glaubst du, ich erzähl hier Kokolores? Also, die Bombe sollte in dreihundert Metern über dem Boden auseinanderbrechen, die Fledermäuse sollten an kleinen Fallschirmen nach unten segeln und sich in die japanischen Dachböden einnisten. Nach einer Weile sollten dann die Zeitzünder zünden und *bumm*: Schon stehen die Häuser in Flammen, weil sie ja aus Papier sind – zum größten Teil jedenfalls. Zivil sollte das sein. Nur die Häuser, nicht die Menschen, versteht ihr? Eigentlich eine gute Idee, finde ich, also besser als die Atombombe, auch wenn die Amerikaner sich das von den Japonesen nicht bieten lassen konnten, war ja auch klar, aber mit den Fledermausbomben, das wäre besser gewesen. Die ganzen Kinder, die ganzen, süßen Kinder. Als Kinder sehen die ja noch süß aus, die Japonesen.«

»Japaner«, sagte Ada tonlos und filmte die Streifen der Vorhänge ab.

»Ich weiß das doch. Lass mich doch mal ein bisschen lustig sein«, sagte die Großmutter. »Ich weiß, dass die nicht Japonesen heißen, und Schlitzaugen sagt man auch nicht mehr. So tattrig bin ich dann auch wieder nicht, aber ich wollte eben ein bisschen lustig sein, wenn wir schon so hohen Besuch haben.« Sie wendete sich Olaf zu: »Nicht wahr, Sie wissen, wie ich das gemeint habe. Natürlich habe ich nichts gegen unsere japanischen Freunde. Das wissen Sie doch, oder? «

»Klar«, sagte Olaf.

»Na, da bin ich ja beruhigt«, sagte die Großmutter. »Wo die doch so delikate Sachen machen. Holst du mal den kleinen Papierfrosch, Ada?«

»Also, das muss ich jetzt auch mal sagen, Ada«, sagte die Mutter. »Seit wann verstehst du Omis Witze nicht mehr? Gerade du, die du doch deinen Humor von ihr geerbt hast!«

Ada versuchte zu lächeln.

»Magst du eigentlich Sushi?«, fragte der Vater Sira.

»Ja«, sagte Sira abwesend.

»Soll ich uns schnell welches holen?«, fragte der Vater.

»Das wäre toll«, sagte Olaf.

»Wir gehen gleich«, sagte Ada.

»Ach«, sagte der Vater, »lass mich euch noch ein bisschen verwöhnen. Dich verwöhnt ja jetzt keiner mehr, Ada. Aber bald kommt wieder einer, wirst sehen. Ein blonder Prinz.«

Dann verließ er das Haus, die Mutter ging in die Küche und die Großmutter nach oben. Als alle verschwunden waren, stellte sich Olaf neben Ada und flüsterte ihr ins Ohr: »Keine Sorge, wir können noch drüber reden, vielleicht ist das auch alles zu krass für dich, aber toll wäre es schon, wenn wir das volle Programm zeigen könnten. Also: Wir lassen Dutzende von Plastik-Fledermäusen mit kleinen Fallschirmen von der Bühnendecke schweben. Im Hintergrund schwingen blondbezopfte Frauen in Dreißiger-Jahre-Gymnastikanzügen gigantische Essstäbchen, dazu leise die Hamletmaschine vom Band und vielleicht ein paar Jud-Süß-Zitate als Spruchbänder. Darf ich mal sehen?«

»Was?«, fragte Ada.

»Na, das Material«, sagte er.

Ada ließ den Film ablaufen, und was sie da sah, überraschte sie selbst: Der Film zeigte nur Füße und Blumen, Spiegel und Nadelstreifen, Teppich und Tür. Kein einziges Gesicht.

REIGEN

Der Mann hat seinen Arm um die Schultern der Frau gelegt. »Dass es so weit gekommen ist«, schluchzt sie und kramt ein Taschentuch aus der Manteltasche hervor. »Gerade als ich das Schild von dem Herrn – wie heißt er nochmal? Egal, da draußen jedenfalls – gesehen habe, ein schönes Schild, versteh mich nicht falsch, ist mir erst so richtig klar geworden, dass es wirklich soweit gekommen ist mit uns. Wir waren doch so verliebt. Wir haben doch alles aufgegeben, weil wir so verliebt waren.«

»Alles wird gut«, sagt der Mann und küsst ihre Stirn. »Deswegen sind wir doch hier.«

»Hier um die Ecke war doch dieses Café von damals, das, wo wir uns immer heimlich getroffen haben, oder?«

»Ja, Liebling.«

»Das, wo wir dann die Freundin deiner Frau getroffen haben?«

»Ja, Liebling.«

»Wonach dann alles aufgeflogen ist.«

»Ja«, sagt er.

»Und wo ist es hin?«, fragt sie und schneuzt sich.

»Es ist immer noch da, glaube ich.«

Sie blickt ihn über ihr Taschentuchknäuel hinweg an. »Ich meine doch nicht das Café«, sagt sie, und plötzlich kippt ihr Weinen ins Lachen, und sie lacht und lacht und kann nicht mehr aufhören zu lachen.

Auf dem Rückweg hängen ihre Lider, ihre Wangen und ihr Kinn auf die Brust. Dass dieses Gesicht vor einer knappen Stunde noch von Weinen und Lachen geschüttelt worden ist, ist nicht mehr vorstellbar.

»Ist das wirklich wahr?«, fragt sie tonlos vor sich auf den Boden. »Du liebst mich nicht mehr?«

»Ich wusste es nicht«, sagt er leise. »Bevor er mich das gefragt hat, wusste ich es nicht.«

Dann bleibt er stehen und beginnt so haltlos zu schluchzen, wie sie vor einer Stunde geschluchzt hatte.

Sie steht eine Weile neben ihm, dann legt sie ihren Arm um seine Schultern: »Gehen wir noch einmal in unser Café?«

Die Mondtäuschung

Die zwei blonden Mädchen aus dem vierten Stock hatten eine gestreifte Decke direkt vor dem Haus auf dem Gehweg ausgebreitet. Sie verkauften allerlei Kram und schauten Ada erwartungsvoll an, als sie in ihrer Manteltasche nach dem Schlüssel kramte: »Vielleicht was für Fanny?«

Nein, Ada wollte nichts für Fanny kaufen, sie war müde und wollte schlafen. Der Besuch bei ihren Eltern hatte sie endgültig geschafft.

»Vielleicht die Bügelperlen?«, fragte das eine Mädchen mit der unterwürfigen Freundlichkeit, die schon bei ihrer Mutter schwer zu ertragen war.

Nein, sie wollte keine Bügelperlen für Fanny kaufen, sie wollte die Perlen weder kaufen noch plattbügeln, und vor allem wollte sie nicht mit kleinen Mädchen sprechen, die wahrscheinlich zu Recht gute Laune hatten, weil sie geregelte Leben lebten, in denen es nichts auszulöffeln gab. Außer Schokoladeneis vielleicht.

Zum Glück hatte sie endlich ihren Schlüssel gefunden. Doch gerade als sie aufsperren wollte, hielt das eine Mädchen ihr ein Schild unter die Nase, auf dem mit rotem Filzstift geschrieben stand: *Ihr könnt alles runterhandeln.*

Darüber musste Ada so lachen, dass sie sich doch die zerfledderten Pixiebücher zeigen ließ, nach dem Preis für den Kompass fragte und sich schließlich für eine Plastikbraut und einen Holzstock entschied, an den ein kreisförmiger

Kupferdraht angebracht war. Sie drückte beiden Mädchen einen Euro in die Hand und ging an ihrer Wohnung vorbei in den Hof.

Sie wusste nicht, woher neuerdings das Bedürfnis kam, sich in den Hof zu stellen und den gerahmten Himmel zu betrachten. Es roch förmlich nach einem drohenden esoterischen Erweckungserlebnis; so als würde sie kurz davor stehen, Wolkenformation und Vogelflug deuten zu können. Doch sie wollte nichts deuten können, sie wollte schlafen. Und natürlich sagte der von Mauern formatierte Blick ins Weite nichts über ihr Leben aus, rein gar nichts. Warum stand sie hier überhaupt allein unter freiem Himmel, während Farids Kulturwissenschaftlerin es trotz ihres hochtheoretischen Charakters geschafft hatte, schwanger zu werden und womöglich ein kleines, dunkel gelocktes Baby zur Welt brachte, in dem Fanny sich auch noch wiedererkennen würde?

Sie hatte Sira gestern Abend nach dem dritten Gin Tonic verkündet, dass sie wieder Tante werden würde. Das hätte sie Farid überlassen müssen.

Da entdeckte Ada einen blass gezeichneten Vollmond am spätnachmittäglichen Himmel. Sie hielt sich den gerade erworbenen Stock mit dem Kreis vor die Augen und justierte den Radius so lange, bis er sich mit dem Mond deckte. Mit so einem Draht hatte Charlotte Gainsbourg in Lars von Triers *Melancholia* das Näherkommen des Planeten verfolgt.

»Fly-by«, sagte Ada leise vor sich hin, und es klang schön. Dann ließ sie den Stock sinken und betrachtete die Plastikbraut, die mit strähnigem blondem Haar in ihrer anderen Hand lag. Kirsten Dunst – sich dem Ende entgegensehnend.

Sie verstaute beides wieder in der Tasche und blieb stehen,

dann schickte sie dem Österreicher eine Nachricht: *Sex wird überschätzt.*

Dass sie ihn immer noch ›den Österreicher‹ nannte, war nicht das einzig Erstaunliche an der ganzen Geschichte. Zwischen ihnen gab es weder das Abschätzen von Distanzen noch das zögerliche Ausleuchten der Nähe, das ihre anderen Affären immer mehr oder weniger glanzlos enden ließ. Kaum hatten sie sich angefasst, waren sie befreit von allem, was an den falschen Stellen bremste und beschleunigte.

Augenblicklich kam die Antwort: *Wann?* Ada zögerte kurz, dann rief sie Hertha an, erzählte ihr, dass sie einen Tag länger in Köln bleiben müsse, und fragte sie, ob Fanny eine weitere Nacht bei ihr schlafen könne.

Nachdem Ada aufgelegt hatte, schrieb sie: *Um acht.* Der Österreicher schrieb: *Ich komme*, Ada schaute in den Himmel und lachte. Einfache Lösungen waren etwas Herrliches! Wer sagte denn, dass die Suppe klarer wurde, wenn man sie auslöffelte? Diese ganzen Therapien waren Trockenübungen, in denen man sein Leben zerbröselte und danach wieder ordnete, ohne je satter zu werden. Sex hatte in dieser Beziehung mehr zu bieten. Und wie Weltreiche endeten, die sich vom Vogelflug leiten ließen – das war ja nun hinreichend bekannt.

»Hallo«, rief eine Männerstimme vom Himmel.

Er saß im dritten Stock auf dem Fensterbrett. Der Therapeut.

»Ich dachte, Sie wollen vielleicht einen Apfel?«

»Einen Apfel?«

»Warum nicht?«

»Ging die Geschichte nicht ursprünglich anders herum?«, fragte Ada.

»Hopp!«, rief er und warf den Apfel in den Hof.

Ada machte einen Satz nach vorne und fing den Apfel auf.

»Viel Spaß noch heute«, rief er.

Ada steckte den Apfel in ihre Tasche, lächelte zurück und winkte gen Fenster. Der Therapeut winkte zurück und trat ab. Dass er nicht gezwinkert hatte, rechnete sie ihm hoch an.

Sie schlief bis in den frühen Abend hinein.

Als es dunkel wurde, goss sie sich ein Glas Wodka ein. Wie einfach es gewesen war, den Österreicher wieder in ihr Leben zu holen. Entscheidungen blieben sich letztendlich doch selbst überlassen.

REIGEN

Eine Frau betritt den Hof, ihr Gang ist geschmeidig, sie hat einen grünen Smoothie in der einen Hand und fährt sich mit der anderen durch die Haare. Kurz darauf öffnet eine zweite Frau die Eingangstür des Yogazentrums gegenüber. Die beiden entdecken sich und begrüßen sich über die Lorbeerhecke hinweg: »Lilli, hallo!«

Lilli bleibt stehen: »Ach, hallo.«

»Wie geht's?«, fragt die Frau.

»Es geht so«, sagt Lilli, »und dir?«

»Wohnst du hier?«, fragt die Frau.

»Nein, nein. Ich gehe ... zur Paartherapie«, sagt Lilli ein bisschen leiser.

»Hast du einen Freund? Das wusste ich ja gar nicht.«

»Nein, nein«, sagt Lilli. »Das nicht.«

Die Frau schaut sie fragend an.

»Ich dachte nur, ich frage mal, welche Fehler sich vermeiden lassen«, sagt Lilli.

»Verstehe«, sagt die Frau, »na, dann viel Glück. Und komm bald mal wieder, die neue Lehrerin ist toll.«

Lilli nickt und winkt und geht dann geschmeidig ins Hinterhaus.

Auf dem Rückweg duckt sie sich und schleicht an der Hecke vorbei.

Die Schwelle

Sie konnte nicht länger warten. Der Österreicher war schon zwanzig Minuten zu spät. Ada verließ das Haus und fuhr mit der U-Bahn zu Farid. Sie klingelte an Farids Tür. Er öffnete und blieb auf der Schwelle stehen.

»Du bist ein Arschloch«, sagte sie.

»Ada, ich ...«

»Du bist ein Riesenarschloch.«

»Ada, können wir ...?«

»Du könntest mich wenigstens reinbitten.«

»Ich kann nicht ...«

»Du kannst nicht? Du kannst eine Frau schwängern, aber mich nicht reinbitten?«

Er schwieg, sie schaute.

»Ich bin nicht allein«, sagte er schließlich.

»Was?«

»Ich bin nicht allein, Ada«, wiederholte er leise.

Ich aber, dachte sie.

Farid schaute zu Boden und fuhr mit der Fußspitze die Türschwelle entlang vom linken bis zum rechten Rahmen. Grenze – schon klar, dachte Ada.

»Wir müssen reden«, sagte sie und dachte: Oder wir vögeln hier und jetzt, da sowieso alles egal ist.

Farids Fuß zeichnete ein Zickzackmuster auf den Boden. Ada hatte ihn also aus der Fassung gebracht, oder er vernähte jetzt sein Nein.

»Hast du mich gehört, Farid? Wir müssen reden. Zehn Minuten. In der Kneipe an der Ecke, wenn es sein muss, bitte!«

Da erschien eine junge, schöne Frau im Flur, musterte Ada und fragte Farid auf Arabisch, was denn los sei.

Ada wich zurück. So viel Arabisch verstand sie noch.

Mit einem Schlag war die Szene zerfetzt, ein nie zuvor gesehener Tiger war durch ein Pergamentrad gesprungen. Eine junge Ägypterin in Farids Wohnung. Eine junge Ägypterin in Farids Wohnung, die nicht wusste, wer Ada war. Die Ägypterin lächelte sie an, und Farid stellte sie einander vor, als würden dazu Häppchen gereicht. Ada brachte nichts mehr über die Lippen, kein einziges Wort. Sie nickte, drehte sich um, lief die Treppe hinunter und stieg in ein Taxi, das gerade vor der Haustür stand.

Eine Ägypterin. Die Schöneberger Montessori-Schule, das ganze progressive Gewäsch, die deutsche Frau – alles nur ein Missverständnis. Eine Ägypterin war die Höchststrafe, dachte Ada und fühlte jedes einzelne Ressentiment in sich hochkommen, das ihre Mutter in ihr abgelegt hatte wie eine trächtige Kröte. All die Bemerkungen ihrer Mutter über den ägyptischen Schwiegersohn waren wieder da, all die Vorurteile, gegen die sie immer so gekämpft hatte. Sie waren die ganze Zeit über in ihr und kamen nun hervorgekrochen – eins nach dem anderen witterten sie ihren großen Auftritt. Mit ihnen stieg eine nicht gekannte Übelkeit auf. Ada war verseucht und hatte es nicht gewusst. Sie war von oben bis unten verseucht mit Ressentiments und sie hatte ihnen nichts mehr entgegenzusetzen. Eine Ägypterin, Muslima wahrscheinlich, dachte sie jetzt, klar. Ada presste ihre Handflächen abwechselnd gegen Ohren und Stirn, um ihre Gedanken zu stoppen.

Zu Hause machte sie kein Licht an, ging im Dunkeln ins Wohnzimmer und sah, dass die Kamera lief. Jemand musste in ihrer Abwesenheit in der Wohnung gewesen sein. Jemand musste die Kamera angeschaltet haben.

Ada spulte zurück.

Zuerst war nur ein Körper zu erkennen, der vor der Kamera herumhantierte, ein Arm, Stoff, Falten, dunkles Blau, schwarz vielleicht. Es atmete, knisterte und raschelte, dann löste sich der Körper von der Kamera und wurde zu einer Silhouette, die über die Fensterbank in den Hof sprang und sich ein paar Meter vor der Kamera plazierte.

Ada erkannte ihn an den Linien seines Armes, dem Rhythmus seines Raschelns, seinem Atem, vielleicht aber auch nur daran, dass er da war.

»Man könnte dir alles stehlen. Jeder, nicht nur ich«, sagte der Österreicher mit Blick in die Kamera. »Lässt du immer alles offen?«

Er blickte eine Weile ins Objektiv, dann fragte er mit einem Lachen: »Und was genau filmst du hier in deinem Hof?«

Er hob sein Handgelenk vor die Augen: »Es ist jetzt acht Uhr und zwölf Minuten. Ada, wo bist du?« Dann schaute er wieder in die Kamera und strich sich übers Kinn: »Ich habe mich rasiert.«

Er setzte sich auf die Bank, so dass er nur angeschnitten und von hinten zu sehen war. Eine halbe Stunde blieb er so sitzen, schlug ab und zu die Beine übereinander, streckte die Arme über den Kopf, beugte sich nach unten, bevor er schließlich aufstand und verschwand.

Die Kamera lief zehn Minuten weiter, als versuchte auch sie zu verstehen, was sie da gerade aufgezeichnet hatte. Zehn

Minuten, in denen sie sich aus einem Hof mit zwei Türen und einer Treppe, Teilen einer Bank, einer Hecke und der Glasfassade eines Yogazentrums einen Reim zu machen versuchte, zehn Minuten. Die ganze Nacht wäre angemessener gewesen, angemessener als diese zehn Minuten, die nichts erklärten, überhaupt nichts. Nicht, warum er so tat, als wäre er nicht zu spät gekommen, nicht, warum sie nicht auf ihn gewartet hatte und auch nicht, warum sich in Farids Wohnung eine junge Ägypterin aufhielt. Nichts von alledem wurde in diesen zehn Minuten erklärt.

Er war genau in der Zeit hier gewesen, in der sie Farid an Ägypten verloren hatte, an ein Leben im Einklang mit seiner Natur, seinem Glauben, seiner Heimat, dachte Ada und stellte entsetzt fest, dass das Gedankengut – sie hatte wirklich gerade ›das Gedankengut‹ gedacht – ihrer Mutter wieder ungefiltert aus ihr aufstieg und nun sichtbar an der Oberfläche trieb wie Fettaugen auf einer Bouillon – auch das ein Familienspruch, der mit hochgeschwemmt worden war und den sie immer schon gehasst hatte.

Ada saß auf der Fensterbank und kaute an ihren Fingernägeln. Zuerst nur an den Nägeln, dann zerbiss sie die Nagelhaut, und als der erste Nagelrand blutete, dachte sie, dass sie schon immer versucht hatte, Teile ihres Erbguts zu vernichten. Deswegen kaute sie ihre Fingernägel und schnitt sich die Haare möglichst kurz. Sie wollte nicht in ihrem Erbgut schwelgen. Und was war eine Mähne anderes als ein Schwelgen im Erbgut?

Sie hatten eben nie wirklich zusammengepasst, sie und Farid, dachte sie. Ein arabischer Mann und sie, die Katholikin aus dem Rheinland. Eine Mischehe.

Man konnte also Gedanken haben, die einem eingepflanzt wurden, selbst wenn man sie bekämpft und ignoriert hatte; man konnte diese Gedanken haben, selbst wenn sie allem widersprachen, was einem etwas wert war. Es war nur ein kleiner Dreh, und plötzlich konnte man sie alle denken, jeden einzelnen dieser Gedanken; plötzlich war man ihnen ausgeliefert. Fettaugen auf der Boullion.

Hatte sie gerade gedacht, dass Regina eine Geschichte hatte, weil ihre Familie aus dem Osten kam und Sira eine Geschichte hatte, weil ihre Familie aus Ägypten stammte, und sie nur eine Familie hatte, aber keine Geschichte, dann löste sich das gerade in Luft auf. Sie alle drei hatten eine Geschichte, die sie ungeschehen machen wollten. Alle drei. Nur hatte Ada sich in Sicherheit gewähnt, ihr ganzes Leben lang, weil es Schule, Bücher und Filme gegeben hatte. Das hatte es alles gegeben, aber nie einen Gedanken, dass sie Teil einer Geschichte war, die nicht nur ihre verkorkste Familie bebilderte. Immer nur: Vater, Mutter, Kind. Sie hatte das Weltgeschehen schlicht nicht mit sich in Verbindung gebracht. Sie hatte gedacht, sie sei ein Individuum und die Gesellschaft woanders, sie hatte gedacht, ihre Geschichte hätte mit der Geschichte der Welt nichts zu tun. Doch jetzt auf einmal wehte das alles nicht mehr an ihr vorbei, sondern ließ sich direkt vor ihr nieder, zum Greifen nah – wie dicke, schwarze Raben.

Ada stieg aus dem Fenster in den Hof und setzte sich auf die Bank, genau dorthin, wo der Österreicher gesessen hatte. Nicht um ihm nah zu sein, sondern um zu verstehen, wie sich ein Platzhalter anfühlte.

Der Mond war von hier aus nicht mehr zu sehen, doch selbst wenn er zu sehen gewesen wäre – er wäre jetzt nur heller als vorhin, nicht größer, nicht näher. Sie hielt ihre Finger wie Antennen gen Himmel, aber nichts passierte, kein einziger Blitz schlug in ihre Fingerspitzen ein.

REIGEN

Das alte Paar hält sich am Leder der behandschuhten Hände. Es setzt vorsichtig einen Schritt vor den anderen und trägt Hüte auf wohlfrisiertem Haar. Die Dame trägt einen runden, braunen Hut mit einem Band aus lindgrünem Rips, der Herr einen schwarzen Fedora mit einem Band aus grauem Satin.

Es dauert eine Weile, bis sie den Hof durchschritten haben. Bei der Treppe lässt der Herr der Dame den Vortritt, setzt den Hut ab und streicht sich durch das ergraute Haar. Während die Dame auf dem obersten Absatz verweilt, um ein wenig Luft zu holen, blickt der Herr im Hof umher.

Da ertönt *I can't get no satisfaction*. Der Herr greift in seine Manteltasche, zupft sich den rechten Handschuh von den Fingern, wischt einmal über das Display und sagt: »Ja, ja, mein Sohn, wir haben es gefunden, alles genauso wie du es beschrieben hast, das Schild war ja auch nicht zu übersehen, sehr vornehm, wirklich …, nein, nein, brauchst du nicht, wir sind schon im Hof …, ja, bis gleich.«

Dann drückt er noch einmal auf seinem Telefon herum, lässt es wieder in seine Manteltasche gleiten, zupft den zweiten Handschuh ab, legt beide sorgfältig übereinander und schlägt sie einmal gegen den Oberschenkel.

»Das werde ich nie verstehen«, sagt die Dame, »warum ihr es in eurer Familie nicht erwarten könnt.«

Nach einer halben Stunde kommen sie zurück. Der Herr wippt fröhlich auf und ab und pfeift dabei einen Marsch. Die Dame verleiht ihren Schritten mehr Druck als nötig.

Als sie in der Mitte des Hofes angekommen sind, öffnet sich im dritten Stock des Hinterhauses ein Fenster, und der Therapeut ruft: »Gute Reise, Vater, komm bald wieder!«

Der Vater schaut nach oben und winkt, dann verharrt er so, als wartet er auf etwas. Der Therapeut wendet seinen Kopf der Dame zu und ruft: »Gute Reise, Elvira!«

Die Dame stampft auf. Der Herr schaut sie fragend an: »War was?«

»Eine Assel«, zischt sie und geht in kaum sichtbaren Schlangenlinien aus dem Hof.

Ein Sonntag im Leben

Als Ada mit den anderen im Auto saß, war ihr so schlecht, dass sie bat, bei der nächsten Apotheke anzuhalten, bevor sie auf die Autobahn abbogen. Eine halbe Flasche Wodka, eine halbe Flasche Rotwein, vielleicht noch das eine oder andere Bier. Der Kater war ausgewachsen, aber ein Segen, denn er lag schwer, träge und haarig auf ihren Gedanken und nahm ihnen die Luft zum Atmen.

»Wir sind gleich da«, sagte Olaf.

»Wie?«, fragte Ada. »Ich dachte, deine Eltern wohnen im Ruhrgebiet.«

»Nein«, sagte er.

»Aber ...«, sagte Sira.

»Ich will nur ...«, sagte Olaf.

»Du bist Berliner?«, fragte Regina.

»... meine Ruhe haben«, fuhr Olaf fort.

Ach so, dachte Ada.

Klar, dachte Sira.

Versteh ich, dachte Regina.

»Ihr werdet es gleich sehen«, sagte Olaf. »Das hält kein Mensch aus, nicht einmal ich.«

Zehn Minuten später parkte er den Wagen in Wedding. Vor dem Haus standen zwei Männer, die sich eine Schnapsflasche reichten und Zigarettenstummel auf den Asphalt schnippten. Ein jüngerer, muskelbepackter Mann ging an ihnen vorbei und spuckte ihnen direkt vor die Füße. »Haut ab, ihr Penner!«, rief er. Ada überlegte kurz, ob Olaf zur Dramatisierung seiner Herkunft ein paar Statisten engagiert hatte, verwarf den Gedanken dann aber wieder – dafür spielten sie zu gut.

Sie gingen durch den Hof zum Hinterhaus. Auf dem rissigen Asphaltweg, der an den Mülltonnen und einer verdreckten und halb aufgerollten Matratze vorbeiführte, lagen ein einzelner Strumpf, ein leerer Joghurtbecher und ein schlaff gewordener Ball mit der Werbeaufschrift eines Reisebüros. Vor der Erdgeschosswohnung blieb Olaf stehen und sagte: »Wir gehen mit Kamera und Licht rein, und: Ada, bitte diesmal alles filmen, nicht nur die Füße. Bist du fit? Siehst nicht so aus …«

»Hm«, sagte Ada.

»Ich mache das hier nur einmal. Ready?«

Ada nickte, schulterte die Kamera und rülpste in die freie Armbeuge.

»Prost!«, sagte Olaf. »Also nochmal: ready? Wir gehen jetzt rein.«

Sira legte zuerst Olaf, dann Ada die Hand auf den Rücken, und Regina sagte: »Ich komme mir vor wie bei der GSG 9.«

Olaf klingelte.

Es kläffte. Das Kläffen klang nach kleinen Hunden, mindestens zwei, dann war ein Stöhnen zu hören, ein Ächzen, schwere Schritte, und die Tür ging auf. Drei zottelige, stinkende Pinscher bellten, winselten und sprangen an Olaf hoch. Olaf ignorierte sie. An der Tür stand ein Mann, die langen, fettigen Haare waren zu einem Zopf gebunden, klafften aber an einigen Stellen auseinander. Er trug Unterhemd mit Shorts und Badelatschen. Sein geblähter Bauch lugte schweinchenrosa hervor. Seine Beine waren muskulös und unbehaart. Sein Blick kam von weit her und brauchte eine Weile, bis er bei der Gruppe von Menschen angekommen war, die vor seiner Tür standen. »Ja?«

»Wir wollen kurz zu Mama«, sagte Olaf.

»Hm«, sagte der Mann, der vielleicht Olafs Vater war, und trat zur Seite. »Schnauze!«, herrschte er einen der Hunde an, »Schätzchen«, flötete er dem zweiten zu, dem dritten versetzte er einen Tritt.

Schätzchen trug ein goldenes Herz um den Hals. Im Flur standen Mülltüten, Bierkisten und sieben leere Ginflaschen. Im Wohnzimmer lief der Fernseher und der Boden war übersät mit Pizzakartons, Aschenbechern, zerfledderten Zeitschriften, abgenagtem Hundespielzeug, Kleidungsstücken und leeren Plastiktüten.

Der Mann, der vielleicht Olafs Vater war, ließ sich aufs Sofa plumpsen, Schätzchen sprang ihm auf den Schoß, und schon hatte der Fernseher ihn wieder. Olaf wendete sich ab und winkte Ada und die anderen hinter sich her den kurzen Flur entlang. Er klopfte an eine Tür, an der ein ABBA-Poster klebte. Von drinnen rief eine kränkliche Stimme: »Ja?«

Sie traten in ein abgedunkeltes Zimmer, in dem es säuerlich roch. Als ihre Augen sich an das Halbdunkel gewöhnt hatten, erkannte Ada eine dünne, kleine Frau mit durchscheinender Haut und tiefliegenden Augen auf dem Bett liegen. Ihr Blick war trüb, aber wach. Das Zimmer roch nach Hagebutte, neben dem Bett lag ein aufgeschlagener Schwedenkrimi und im Hintergrund lief leise Klassikradio.

»Olaf«, sagte die Frauenstimme wie in einen Horizont hinein. »Bist du das?«

»Mama«, sagte er und ging zum Bett.

Ada wollte die Kamera absetzen, aber Olaf gab ihr mit

einem Blick zu verstehen, dass sie weiterfilmen sollte. Ada, Sira und Regina blieben im Türrahmen stehen. Regina zog ein Tütchen Aspirin aus der Hosentasche, biss es auf und flüsterte Ada ins Ohr: »Mund auf!«

Ada öffnete den Mund, legte den Kopf in den Nacken, Regina schüttete ihr das Pulver hinein und sagte: »Schlucken!«

Ada schluckte und nickte Regina zu: »Gold wert, danke.«

»Was?«, fragte die Mutter, schaute auf die drei Frauen mit ihrer Kamera, ihrer Lampe und dem Mikrophon und zog sich die Decke unters Kinn.

»Wir drehen fürs Theater«, sagte Olaf.

»Bist du denn noch beim Theater?«, fragte die Mutter.

»Ja, Mama.«

»Das ist aber schön«, sagte sie und nahm seine Hand.

»Wie geht es dir?«, fragte er sanft.

Die Mutter wendete den Blick ab und drehte mit der freien Hand die Decke um ihren Zeigefinger. Als sie ihn wieder ansah, standen ihr die Tränen in den Augen.

»Ich hab dir Lakritze mitgebracht«, sagte Olaf und legte ihr eine Packung schwarze Schnecken aufs Laken.

»Das ist aber lieb von dir«, sagte sie. Dann beugte sie sich zu ihm hin und flüsterte: »Willst du mir die Damen nicht vorstellen?«

»Die sind gar nicht da«, sagte er.

»Ach, die sind gar nicht da«, sagte die Mutter und lächelte Richtung Tür. »Wollen die sich vielleicht trotzdem setzen?«

»Wollen die nicht«, sagte er.

»Aber was trinken vielleicht?«, fragte sie und blinzelte noch einmal Richtung Tür. Dann richtete sie sich auf und lüftete den Deckel ihrer Teekanne: »Ein Schluck Tee wäre noch da, kalt allerdings.«

»Lass mal«, sagte Olaf.

»Dass du da bist«, sagte sie. »Ich wusste gar nicht, dass du kommst.«

»Nimmst du deine Medikamente?«, fragte er.

»Ich hätte mich angezogen, ich hätte einen Kuchen geholt, ich hätte …«

Olaf ging ans Fenster und öffnete es.

»Nimmst du deine Medikamente?«, wiederholte er.

»Wenn er sie mir besorgt«, sagte sie.

»Tut er das nicht?«, fragte Olaf.

»Er trinkt wieder.«

»Er hat nie aufgehört«, sagte er.

»Doch, hat er, wirklich«, sagte sie.

»Ach, hör doch auf! Du nimmst ihn immer in Schutz«, sagte er.

»Weißt du nicht mehr, wie er mit dir den Drachen gebaut hat? Den schönen, bunten Drachen aus Transparentpapier?«, fragte sie.

»Ein Sonntag im Leben«, sagte er.

Sie schaute ihn an.

»Was sagt der Arzt?«

»Nichts Neues«, sagte sie.

Olaf stand auf und öffnete den Kleiderschrank: »Wo sind denn seine Sachen?«

»Wieso fragst du?«

»Weil hier nichts mehr drin ist bis auf ein paar alte Hemden«, sagte er.

»Er muss mal wieder in den Waschsalon«, sagte sie.

»Es liegt alles im Wohnzimmer«, sagte er. »Im Wohnzimmer und im Hof.«

»Im Hof?«

»Ich verstehe nicht, warum du immer noch hier bist«, sagte er.

»Wo soll er denn hin?«, fragte sie. »Er hat mich nie schlecht behandelt.«

»Klar.«

»Wie war denn dein Weihnachten?«

»Gar nicht.«

»Hättest ja kommen können«, sagte sie. »Es gab Matjes mit Pellkartoffeln. Er hat einen kleinen Baum geholt und echte Kerzen. Das hat dein Vater nie.«

»Mama.«

»Er ist nun mal wie er ist. Ein Trinker, aber ein lieber und kein Säufer wie die anderen«, sagte sie.

Olaf blätterte in dem Krimi: »Liest du immer noch deine Krimis, und immer nur die schwedischen?«

»Du hast ihm nie eine Chance gegeben«, sagte sie.

»Ach, Mama, das ist doch ein Scheiß.«

Sie tätschelte seine Hand: »Man flucht nicht vor den Damen!«

»Welche Damen?«, fragte Olaf.

Olafs Mutter schaute ihn streng an.

»Entschuldigung«, sagte er.

Olafs Mutter lächelte Ada, Sira und Regina an.

»Ich muss wieder los«, sagte er. »Hier ist die Lakritze.«

»Schon?«, fragte sie, aber da drückte er bereits ihre Hand, verließ das Schlafzimmer und ging nach draußen, ohne noch einmal ins Wohnzimmer zu schauen. Als einer der Pinscher ihm nachlief, trat er ihn zur Seite.

Ada und Regina folgten Olaf, Sira zögerte kurz, dann ging sie zu Olafs Mutter ans Bett: »Soll ich Ihnen die Tüte noch aufmachen?«, fragte sie.

»Ja, gerne«, sagte die Mutter.

»Ich bin Sira.«

»Sira. Das freut mich«, sagte die Mutter.

Sira öffnete die Tüte und hielt sie Olafs Mutter hin. Olafs Mutter hatte feingeschnittene Gesichtszüge, die weißen Haare waren zu einem Zopf geflochten, den eine Marienkäferspange schmückte. Sie nahm sich eine Schnecke heraus und sagte: »Schöner Name: Sira. Wenn ich den nur früher gekannt hätte!«

Dann drehte sie die Schnecke in ihren Fingern. Ihre Hände waren schmal und gepflegt und sie trug einen Ehering. Sie fragte: »Rollen Sie die Schnecken auch immer erst ab, bevor Sie sie essen?«

»Immer«, sagte Sira.

»Ich auch«, sagte die Mutter. »Vielleicht macht man das nicht, aber man hat dann mehr von ihnen. Wollen Sie auch eine?«

»Danke«, sagte Sira und griff in die Tüte.

»Sie sind hübsch«, sagte die Mutter. »Wirklich sehr hübsch.«

Sira lächelte sie an: »Danke.«

»Sie studieren bestimmt.«

»Noch nicht«, sagte Sira.

»Ein Wunder, dass er Sie überhaupt hierhergebracht hat. Er bringt nie jemanden mit nach Hause. Das kommt noch von der Schule. Die Schule hat er sich selbst ausgesucht damals. Er ist durch die halbe Stadt gefahren, nur um in diese eine Schule zu gehen. Hatte sogar einen lateinischen Namen, die Schule. Die anderen Kinder kamen fast alle aus besseren Kreisen, Ärzte und Rechtsanwälte und so, da hat er sich natürlich für uns geschämt. Ich hab das immer verstanden, obwohl es früher nicht so bei uns ausgesehen hat. Als ich noch gesund war, war bei uns immer alles picobello, nicht so ein Verhau wie jetzt, aber das wissen Sie ja sicher alles. Sie sind wirklich hübsch und Sie sind ein guter Mensch. Ich sehe so was. Da hat Olaf Glück gehabt«, flüsterte sie. »Ich hoffe, er behandelt Sie gut.«

»Natürlich, sehr gut sogar«, sagte Sira, lächelte und wickelte sich die schwarze Schnur um den Finger. »Und er spricht viel von Ihnen«, flüsterte sie.

»Wirklich?«, fragte die Mutter und wieder stiegen ihr Tränen in die Augen.

Sira nickte. Dann hörte sie Olaf zurückkommen, drückte die Hand von seiner Mutter und verabschiedete sich.

»Kommen Sie bald mal wieder!«, rief die Mutter ihr hinterher.

Sira winkte.

Olaf stand im Flur und schaute sie fragend an.

»Ich hab ihr nur die Tüte aufgemacht«, sagte Sira und ging an Olaf vorbei. »Die Dinger gehen doch immer so schwer auf.«

»Danke, das war lieb von dir«, sagte er leise zu ihrem Rücken.

Aus dem Wohnzimmer rief es mit schwerer Zunge: »Haut ihr schon wieder ab?«

Olaf schloss die Tür und sagte: »Darauf kannst du einen lassen.«

REIGEN

Das Paar geht durch den Hof. Er Brust voraus, sie hinterher.

Eine Stunde später läuft die Frau die Treppen mit gesenktem Blick wieder hinunter. Unten angekommen hält sie inne, dreht sich um und schaut auf die Tür, durch die sie gerade getreten ist. Sie knotet den Gürtel ihres Mantels fest über dem Bauchnabel zusammen und schiebt den Daumen zwischen Gürtel und Mantel. Als der Mann im Türrahmen erscheint, umschließt sie den Knoten mit der ganzen Hand und zieht ihn wie einen Schalthebel gen Himmel.

»Das war ja klar«, ruft sie.

Der Mann bleibt auf dem obersten Treppenabsatz stehen.

»Dass du mich zu einem Mann schleifst!«, fährt sie fort, während sie mit dem Gürtelknoten einen halsbrecherischen Looping fliegt.

Der Mann schaut sie fragend an.

»Ich gebe unserer Beziehung noch eine letzte Chance, lass dich das organisieren, damit nicht schon wieder alles nur von mir ausgeht, und du, du setzt mir einen Typen vor die Nase, der natürlich mit dir sympathisiert. Hast du dir das Ölbild in seinem Zimmer angeschaut? Das sagt doch alles.«

Der Mann reckt die Arme gen Himmel, wie um ihr nachzukommen, und sagt: »Dann gehen wir eben zu einer Frau.«

»Das könnte dir so passen!«, antwortet die Frau und lässt den Schalthebel los.

Die magische Zahl

Fanny saß auf Adas Bett und drehte einzelne Locken um den Zeigefinger: »Magst du vielleicht ein Spiegelei, Mami? Mit Pfeffer?«

»Bloß keine Eier«, sagte Ada.

»Hast du Fieber?«, fragte Fanny.

»Ich hab mir den Magen verdorben.«

»Du dir selbst?«, fragte Fanny.

»Lässt du mich ein bisschen schlafen, Fanny, ja? Kannst ja hier bleiben, aber lass mich schlafen. Mach dir den Fernseher an. Ich schlaf ein bisschen und danach geht's mir wieder besser, versprochen.«

Der Fernseher lief schon eine Weile, als Ada fragte: »Kennst du sie eigentlich?«

Fanny reagierte nicht, sondern starrte mit offenem Mund und geröteten Wangen auf den Bildschirm. Das aufgerissene Maul eines Krokodils.

»Fanny?«

»Ja, was denn?«

»Hörst du mir gar nicht zu?«, fragte Ada. »Kennst du sie, hab ich gefragt.«

»Wen denn?«

»Na, Papis Freundin.«

»Papi hat eine Freundin?« Fanny wendete ruckartig den Kopf.

»Nein, keine Ahnung. Hab dich doch gerade gefragt, ob er eine hat«, sagte Ada.

»Hast du gar nicht!«, schrie Fanny.

Ada schaute Fanny an.

»Du hast gefragt, ob ich sie kenne«, sagte Fanny, und es war ihr deutlich anzusehen, dass sie versuchte sich zusammenzureißen. »Das weiß ich genau.«

»Nein, Fanny, da hast du was falsch verstanden«, sagte Ada.

»Hab ich gar nicht«, sagte Fanny und wurde wieder lauter. »Ich weiß es genau. Diesmal weiß ich es genau!«

»Ach, Fanny, du und deine süßen Ohren«, sagte Ada.

»Das ist jetzt echt gemein, so was von gemein«, sagte Fanny leiser.

»Du hörst manchmal einfach nicht richtig zu«, sagte Ada. »Aber ist ja auch nicht so schlimm. Hat er eben keine Freundin.«

»Doch, ist schlimm, total schlimm«, schrie Fanny jetzt aus vollem Halse und rannte aus dem Zimmer.

Ich sollte ihr nachgehen, dachte Ada und drehte sich zur Seite, ich sollte ihr wirklich nachgehen.

Als Ada erwachte, saß Farid auf ihrem Bett und schüttelte sie leicht am Oberarm: »Wach auf, Ada!«

Ada öffnete die Augen.

»Schau, Fanny, sie wacht auf«, sagte Farid zu Fanny. »Du hast sie nur nicht fest genug geschüttelt.«

»Was? Wer hat mich geschüttelt?«, fragte Ada und fuhr sich mit beiden Händen übers Gesicht.

»Fanny hat mich angerufen, sie hat gesagt, du wärst schlimm krank.«

»Du bist nackt, Mami, schon wieder«, sagte Fanny.

»Was machst du hier?«, fragte Ada und schaute Farid an.

»Fanny hat mich heulend angerufen, sie dachte, du wachst nicht mehr auf.«

»Ich bin nur kurz eingenickt. Es ist alles in Ordnung. Fannylein, warum rufst du gleich die ganze Welt an, wenn ich mich einmal ausruhen will?«

»Die ganze Welt?«, fragte Fanny. »Ich hatte Angst.«

»Willst du was trinken?«, fragte Farid.

»Bloß nicht«, sagte Ada.

»Wasser meinte ich«, sagte er.

»Ach so«, sagte Ada.

»Holst du Mami schnell ein Glas Wasser?«, fragte er. »Und lässt uns dann mal kurz allein?«

Fanny stand unwillig auf, brachte ein Glas Wasser und ging dann aus dem Zimmer.

»Was ist mit dir los, Ada?«, fragte Farid.

»Wir haben heute bei Olaf gedreht«, sagte sie.

Er schaute sie so lange an, bis sie ihren Blick senkte. Damit kam sie nicht durch, dachten beide gleichzeitig.

»Ich bin müde«, sagte Ada. »Du kannst dir überhaupt nicht vorstellen, wie müde ich bin.«

»Du wolltest reden, also reden wir«, sagte er.

»Wir? Worüber denn?«, fragte Ada und gähnte.

»Ada ...«

Ihr Telefon vibrierte. Ada hob es hoch und las: *Lass es offen.* Sie lächelte und legte es zurück. Der Österreicher. Das Fenster. Das Fenster zum Hof.

»Schätz mal, wie viele Fenster es in dem Haus gab, das Jeff von seinem Rollstuhl aus beobachtete. Bei Hitchcock meine ich.«

»Lass das, Ada, ich habe überhaupt keine Lust auf deine Spielchen.«

»31«, sagte sie. »Und genauso viele Reigen-Szenen werde ich drehen. Ich bin fast fertig. Das wird mein erster eigener Film.«

»Ada, du machst mich wahnsinnig, hör auf, du weißt genau, dass ich jetzt keine Lust habe, mit dir über deine Arbeit zu reden.«

»Ach, neulich abends war das aber noch ganz anders«, sagte sie.

»Neulich abends ...«, sagte er ungeduldig.

»Neulich abends wolltest du ja auch, dass ich deiner Tochter erzähle, dass du deine Ex-Freundin geschwängert hast, von der sie nichts weiß, die inzwischen aber vielleicht auch schon wieder passé ist, oder eine Nebenfrau hat, von der sie auch nichts weiß oder doch was weiß, wer weiß?«

»Psst!«, rief Farid und schaute in Richtung von Fannys Zimmer.

»Soll ich ihr das auch sagen?«, fragte Ada. »Dann müsste ich nur noch wissen, wie sie heißt, die junge schöne Ägypterin. Waren wir eigentlich Jeff und Lisa in umgekehrten Rollen? Oder bist du Thorwald und ich die Leiche? Kannst mich auch Miss Lonely Hearts nennen, wenn dir das gefällt.«

»Hör jetzt endlich auf!«, sagte Farid. »Jasmin ist nicht meine Freundin, bist du verrückt? Glaubst du im Ernst, ich lach mir noch eine Freundin an? In dem Schlamassel, in dem ich gerade stecke? Jasmin trinkt ihren Kaffee bei mir im Laden. Sie hatte Stress und wusste nicht wohin. Da hab ich sie mit zu mir genommen. Sie hat auf dem Sofa geschlafen, Ada, auf dem Sofa.«

»Ach, Farid«, sagte Ada und streckte ein nacktes Bein unter der Bettdecke hervor. »Darum geht es schon lange nicht mehr.«

»Was soll das, Ada? Gestern tobst du noch vor meiner Wohnungstür herum und heute tust du so, als ob …«

»Als ob mir alles egal wäre? Ich bin müde, Farid, und deine Frauengeschichten waren mir immer schon egal.«

»Meine Frauengeschichten?«

»Die von früher«, sagte Ada.

»Spinnst du, Ada? Wovon redest du?«

»Ja, ja, schon gut«, sagte sie. »Glaubst du, ich bin blind?«

»Ich habe dich nie betrogen, nie, nicht einmal.«

»Haha«, sagte Ada und zog das Bein wieder zurück unter die Decke.

Farid baute sich regelrecht vor ihr auf: »Das lasse ich mir nicht gefallen, Ada. Das geht jetzt zu weit.«

»Musst du ja auch gar nicht, kannst ja gehen«, sagte Ada. »Ich verstehe eh nicht, warum ihr immer so eine Panik macht, du und deine Tochter.«

»Ich lasse mir das nicht gefallen«, sagte Farid noch einmal.

»Hoioioi, Herr Kairo entdeckt seine Ehre!«

»Bist du wahnsinnig?«, fragte Farid.

So wütend hatte Ada ihn noch nie erlebt, putzig, wirklich.

»Was war das für eine Nachricht?«, fragte Farid.

»Ach, weißt du, das geht dich überhaupt nichts an.«

Farid griff nach Adas Telefon: »Wer ist das? Und was sollst du offen lassen? Empfängst du hier irgendwelche Typen, während Fanny da ist?«

»Das Fenster«, sagte Ada und drehte sich zur Seite.

»Das Fenster?«

»Das Fenster zum Hof. Darüber wollte ich doch gerade

mit dir reden. Jeff und Lisa, Miss Lonely Hearts. Erinnerst du dich? 31, die magische Zahl.«

»Ada!«

»Geh jetzt bitte, Farid, und nimm Fanny mit. Sag ihr, dass ich sie liebe, dass ich Fieber habe.«

»Du bist …«

»… eine dicke, katholische Hexe. Buh!«

Farid ging aus dem Zimmer. Fannys Stimme, die irgendetwas fragte, Farid, der irgendetwas sagte, dann fiel schon die Wohnungstür ins Schloss. Ada rollte sich zusammen.

REIGEN

Beide essen ein Eis. Sie Schokolade in der Waffel, er etwas Fruchtiges im Becher. Sie mit der Zunge, er mit dem Löffel. Ihr Mund ist verschmiert und auf dem linken Handrücken leuchten braune, feuchtglänzende Streifen. Er zieht das Eis sachte mit geschürzten Lippen vom Löffel.

Als sie bei der Treppe angekommen sind, zielt er dreimal, dann wirft er sein Eis mit spitzen Fingern in den Mülleimer, bevor er sich mit einer kleinen, weißen Serviette die makellosen Mundwinkel abtupft.

»Willst du das Eis wirklich mit hochnehmen?«, fragt er.

»Bin noch nicht fertig«, sagt sie.

»Darum geht es nicht«, sagt er.

»Hä?«, fragt sie, beißt in die Waffel und hält sie zwischen den Zähnen, während sie sich herunterbeugt, um ihre Schuhbänder neu zu binden. Dabei bricht die Waffel ab und das Eis landet auf ihrem Schuh. Als sie es aufheben will, zerbricht die Waffel und das Eis schmilzt ihren Schuh hinab. Sie nimmt die Waffelstückchen, wischt das Eis mit dem Finger vom Leder und steckt ihn in den Mund.

Der Mann wendet sich ab.

Die Frau wirft die Reste der Waffel in die Lorbeerhecke, leckt sich über die Lippen, einmal rundherum, und fährt sich dann durchs Haar.

»Darum geht es«, sagt er, ohne sich noch einmal zu ihr umzudrehen, »genau darum geht es.«

Die Frau schaut zur Seite wie in eine unsichtbare Kamera, runzelt die Stirn und zuckt mit den Schultern.

Auf dem Rückweg murmelt sie mehrfach vor sich hin: »Darum ist es die ganze Zeit gegangen, darum ist es die ganze Zeit gegangen«, als erprobte sie unterschiedliche Lesarten einer ihr rätselhaften Lösung.

Fannys Tagebuch

Papi ist nie gemein zu mir, nie. Du schon. Vorhin zum Beispiel, das war echt gemein. Aber Papi hat gesagt, dass du krank bist. Und jetzt habe ich Angst, dass du schlimm krank bist und vielleicht gar nicht mehr gesund wirst, und ich hab dir gar nicht tschüss gesagt. Aber Papi hat gesagt, dass du jetzt Ruhe brauchst. Ich wollte dir echt noch Tschüss sagen. Bitte glaub mir das, Mami.

Gestern in der Schule haben wir was über das Wetter in den Tropen gelernt, und da musste ich an dich denken. Wenn Papi mich zu dir zurückbringt, dann ist erst mal Regenzeit zum Beispiel. Ich hasse es, wenn ihr so in der Tür steht. Ich hasse es echt und ich versteh überhaupt nicht, warum das immer so sein muss. Neulich ist Papi doch auch mal einen ganzen Abend geblieben. Das war wie Weihnachten.

Die anderen in der Klasse fanden die Tropen übrigens toll. Ich finde sie auch toll, die Tropen, aber ich mag sie nicht so gern. Ich mag's lieber wie hier. So mittelwarm. Aber das sag ich dir lieber nicht, sonst denkst du noch, ich finde, dass du keine gute Mami bist. Dabei bist du eine gute Mami, du riechst gut und deine Haut ist weich und ich finde es auch toll, dass ich mit deiner Kamera spielen darf und du meine Filme dann mit mir besprichst, als wäre ich eine echte, richtige Kamerafrau.

Aber als ich dir das mal gesagt habe, hast du schon wieder so traurig geschaut. Obwohl ich doch was Schönes sagen wollte und ich dich doch nicht traurig machen will. Ich will dich nie traurig machen, nie. Ich will, dass du denkst, dass alles schön ist.

REIGEN

Ein dicker Mann und eine zierliche Frau betreten den Hof. Er hat rötliche Wangen, sie rotes Haar. Er knetet seine Finger, sie fummelt an den geflochtenen Henkeln ihrer Handtasche herum und stolpert beim dritten Schritt. Er will sie retten. Als er seine Hand wieder zurückzieht, bleiben rote Abdrücke auf der Haut zurück und ihr Blick.

»Au«, sagt sie.

»Entschuldigung«, sagt er. »Ich wollte nicht …, ich wollte nur …«

Sie schaut sich im Hof um und setzt sich auf die Bank vor Adas Fenster. Er stellt sich direkt davor, so dass jetzt ihr Rücken und links und rechts davon die äußeren Konturen seiner Statur zu sehen sind.

Sie ist die Hälfte von ihm.

»Was machst du da?«, fragt der Mann.

»Ich flechte den Henkel neu«, sagt sie.

»Jetzt?«

»Ja, warum?«

»Wir haben einen Termin«, sagt er und schaut auf die Uhr. »Es ist Punkt zwei.«

»Schon«, sagt sie. »Ich hab's gleich.«

Er bleibt eine Weile stehen, dann setzt er sich neben sie auf die Bank.

Es vergehen zehn Minuten, fünfzehn, zwanzig. Die Frau flicht, der Mann knetet – wahrscheinlich, von hinten sind nur die Bewegungen der Arme zu sehen. Irgendwann steht sie auf. »Kommst du?«, fragt sie.

»Jetzt?«, fragt er.

»Ja, warum?«, fragt sie.

»Wir haben doch einen Termin«, sagt sie.

»Den haben wir verpasst«, sagt der Mann und erhebt sich.

»Warum hast du nichts gesagt?«, fragt sie.

Er schaut sie an, dann sagt er: »Du sagst immer, ich soll dich nicht so hetzen.«

»Ach, Vincent«, sagt sie. »Du bringst immer alles durcheinander. Rufst du an, um abzusagen?«

»Willst du?«, fragt er.

»Ich? Warum ich?«

»Ich soll dich doch nicht bevormunden«, sagt er.

»Wer hat das gesagt?«, fragt sie.

»Du«, sagt er.

»Ich?«, fragt sie. »Da ging es doch um was ganz anderes.«

»Wann?«, fragt er, holt sein Telefon aus der Tasche und hält es in die Luft.

»Wovon redest du?«, fragt sie.

»Willst du, oder soll ich?«, fragt er.

»Von wollen kann keine Rede sein, aber wenn du meinst.«

»Nein, nein, ich mach schon, wirklich, kein Problem, ich dachte nur ...«, sagt er, dann ist das Paar im Vorderhaus verschwunden.

Keine Pilotin der Welt

Am nächsten Morgen stand Ada im Hof und schaute in den Himmel. Sie würde alles wiedergutmachen. Sie würde Fanny ein Geschenk kaufen, ein großes Geschenk, vielleicht einen dieser Kästen mit Buntstiften in Regenbogenfarben. Sie würde ihr diesen Kasten kaufen und ihn geöffnet vor das große Regal im Wohnzimmer stellen. Dann würden sie zusammen die Bücher nach den Farben der Stifte sortieren. Den ganzen Tag würden sie zusammen die Bücher sortieren, bis sie es wiedergutgemacht hatte und ein Regebogen in ihrem Wohnzimmer zu sehen war. Und danach würde sie nie wieder gemein zu ihrer Tochter sein. Der Regenbogen würde sie jeden Tag daran erinnern, dass man als Mutter nicht so gemein sein durfte.

Am Himmel schwebte eine wolkige Schleife. Der verdrillte Kondensstreifen ging so in sich selbst über, dass innen und außen, oben und unten nicht zu unterscheiden waren. Es war phantastisch! Keine Pilotin der Welt konnte so eine Figur fliegen und abdampfen, ohne weitere Spuren zu hinterlassen. Und doch prangte dort oben am Himmel mitten im Berliner Grau ein solches Möbiusband, als wäre es extra für sie da hingezeichnet worden. Natürlich war das eine Botschaft, auch wenn Ada nicht wusste, was für eine.

Sie blieb so lange im Hof stehen, bis die Wolkenschleife verblasst war, dann stieg sie über die Buchskugelhecke und den Mauervorsprung auf das Fensterbrett und schwang sich durch das offene Fenster in ihre Wohnung. Sie setzte sich an ihren Schreibtisch und ging ins Netz.

Es war leicht, ein Möbiusband herzustellen, las sie dort. Man müsse dafür lediglich einen längeren Streifen Papier ringförmig zusammenkleben und das eine Ende davor um 180° verdrehen. Doch was dabei herauskommt, ist ein Phänomen, denn ein so zusammengeklebter Papierstreifen hatte nur scheinbar zwei Seiten. Beginne man eine der vermeintlichen zwei Seiten anzumalen, las sie weiter, finde man zuletzt die ganze Schleife eingefärbt. Das Möbiusband sei ein asymmetrisches Objekt, sein Spiegelbild könne nicht durch Drehung mit dem Original zur Deckung gebracht werden.

Ada stand auf und blickte in den Hof. Die erste Yogastunde. Sie waren auch alle asymmetrische Objekte, deren Spiegelbilder nicht zur Deckung gebracht werden konnten. In welche Richtung sie sich auch drehten, ständig fehlte etwas – auf der einen oder auf der anderen Seite. Weite oder Nähe? Welt oder Hof? Nur wie sollte man das Weite suchen, wenn man sich ständig herunterbeugte?

Ada beugte sich aus dem Fenster und sah noch einmal in den Himmel. Es war nicht auszumachen, an welchem Punkt das Möbiusband von innen nach außen kippte. Alles konnte also jederzeit auch anders sein. Wie tröstlich! Ada lächelte. Manchmal kann man es sich eben nicht aussuchen, ob man lieber von einem Geliebten oder einer topologischen Struktur getröstet wird, manchmal muss man nehmen, was man bekommt.

REIGEN

Der Mann betritt den Hof, als ginge er auf eine Expedition: Bergstiefel, khakifarbene Cargohosen, sandfarbene Weste mit unzähligen Taschen, aus denen Stifte und spitze Metallgegenstände ragen, ein Zirkel vielleicht.

Kaum hat er den Hof betreten, nimmt er Witterung auf. Seine Nasenflügel beben. Er kippt seinen Kopf schräg nach oben, streicht sich eine Haarsträhne zurück und legt sein Ohr frei. Ada hält den Atem an und duckt sich etwas weiter hinter den Vorhang. Der Mann wendet seinen Blick langsam in ihre Richtung. Ada erstarrt. Der Mann schaut ihr direkt in die Augen. Doch kurz bevor sie ans Fenster treten will, um sich zu erklären, schüttelt er sein Haupt, streicht sich mit erleichterter Geste die Weste glatt und geht zurück zur Tür.

Der Mann ruft in den Flur des Vorderhauses: »Die Luft ist rein!«

Eine Frau, zehn bis zwanzig Jahre älter als er, betritt den Hof, nimmt ihn an die Hand und sagt: »Was hast du denn gedacht? So ein Theater! Ich halte das nicht mehr aus.«

Und so gehen sie gemeinsam über den Hof, während er mit der freien linken Hand an seiner Hosentasche herumnestelt, bis ein kleines Päckchen herausfällt. Er hebt es nicht auf, sondern blinzelt ihm nur kurz nach und tut gleichzeitig so, als wäre nichts gewesen.

Kaum sind sie verschwunden, schwingt Ada sich über das Fensterbrett in den Hof und hebt das Päckchen auf. Auf der hellgrünen Packung steht: FRESHTIS – das Desinfektionstuch für hygienisch saubere Hände.

Die Henna-Nacht

Es war der 6. September 2013. Dreißig Frauen, Tanten, Großtanten, Freundinnen und Cousinen – alle saßen sie auf dem Boden, den Sofas, liefen hin und her, gossen Säfte in Gläser und trugen Teller durch die Gegend. Während die einen sich die Hände und Füße mit Henna bemalen ließen, redeten die anderen wild durcheinander – über die Einrichtung in Nahlas neuer Wohnung, die Höhe des Kaufpreises und die Lage, über die Nachbarn und die Zimmeraufteilung, über die Menüfolge des morgigen Hochzeitfestes, über die Frage, wie viele Kinder Nahla bekommen wolle, wie wunderbar es sei, dass sie ihr Medizinstudium so bravourös abgeschlossen habe, und wie großartig Ben doch sei, Ben und sein leitender Posten in einem amerikanischen Unternehmen. Im Hintergrund liefen Popmusik und Fernseher, und alle waren zufrieden.

Sira saß mitten im Tantentrubel und schaute auf den Boden. Als die Henna-Malerin mit einem Lächeln auf sie zusteuerte, schob Sira die Hände unter den Po. Nein, sie wollte kein Henna, sie wollte nichts über Eiswürfelmaschinen und Kaufverträge hören, sie wollte keine Kinder und keinen Mann, sie wollte das alles nicht. Dafür war sie nicht nach Kairo zurückgekehrt.

»Sira«, sagte Tante Manāl, die die Szene beobachtet hatte. »Na, los, amüsier dich doch ein bisschen.«

Sira versuchte zu lächeln.

Eine andere Tante tanzte um sie herum: »Heute ist das Leben schön. Es ist wunderschön.«

Sira versuchte zu lächeln und sie versuchte, sich für Nahla zu freuen, doch sie fühlte sich fehl am Platz. Genau wie vor zwei Jahren, nur dass sie diesmal kein politischer, sondern ein Partybluff war – und eine elende Spielverderberin dazu.

»Sira hat Liebeskummer«, sagte eine Tante.

»Sie liebt einen Mann, der nicht tanzen kann«, sagte eine Cousine.

»Wirklich? Bist du verlobt?«, fragte wieder eine andere.

»Nur ein Scherz«, sagte die Cousine.

»Sei nicht traurig. Du findest auch noch einen, wirst schon sehen«, sagte Tante Manāl. »Und: Du weißt ja, ich helfe gern.«

»Ha!«, sagte Myriam, die gerade einen Teller mit Keksen an Sira vorbeitrug. »Du glaubst doch nicht im Ernst, dass Sira sich von dir verkuppeln lässt.«

»Warum denn nicht? Die Ehen, die ich gestiftet habe, sind alle glücklich.«

»Schon gut, schon gut«, sagte Tante Seda und nahm Sira in den Arm: »Bist noch müde vom Flug, oder? Du siehst so schlapp aus.«

»Ein bisschen«, sagte Sira.

»Ich bring dir einen Tee«, sagte Tante Seda.

Einen Tee, ja. Dann würde wenigstens eine in dieser Familie wach bleiben. Denn das wollte sie. Sie wollte wachbleiben und sich nicht die Hände mit folkloristischem Zeugs bemalen lassen.

»Wie geht's denn jetzt hier weiter?«, fragte Sira Tante Seda, als diese mit dem Tee zurückkam.

»Wir essen, wir reden, wir denken uns Kindernamen aus«, sagte Tante Seda. »Hast du dir auch ein schönes, neues Kleid gekauft? Musst du mir nachher mal zeigen, bin schon ganz gespannt.«

»Ich meine hier in Kairo«, sagte Sira.

»Ach, Sira«, sagte Tante Seda. »Heute ist Nahlas Henna-Nacht. Da will doch niemand über Politik sprechen.«

Politik?

Ihre Cousine Jane, die bisher schweigend zugehört hatte, sagte nun: »Du hast die letzten beiden Jahre nicht mitbekommen.«

»Na und?«, sagte Tante Seda. »Was haben die letzten beiden Jahre mit der Hochzeit meiner Tochter zu tun?«

»Nein, nein, gar nichts natürlich«, sagte Sira. »Tut mir leid.«

Jane rückte ihren Stuhl an Sira heran und sagte leise: »Wir wollen nicht mehr kämpfen. Wir wissen nicht mehr, wem wir trauen können.«

»Das wussten wir doch damals auch nicht«, sagte Sira.

»Ich weiß genau, wem ich trauen kann und wem nicht«, sagte Myriam. »Das ist nicht mein Problem, mein Problem ist, dass ich total frustriert bin.«

»Du hast doch keine Ahnung, Sira. Du lebst nicht hier«, rief jetzt eine andere Cousine quer durch den Raum. »Von Berlin aus sagt sich das alles so leicht. Aber hier ... Du hast echt keine Ahnung, Sira.«

»In den Nachrichten ...«, sagte Sira.

»Die Nachrichten!«, rief die Cousine. »Wenn ich das schon höre!«

Jane beugte sich wieder zu Sira hin und sagte: »Kairo ist nicht Berlin.«

»Ich weiß das«, sagte Sira. »Glaubst du echt, dass ich das nicht weiß?«

»Hier hält niemand, was er verspricht. Die Muslimbrüder wollten überhaupt keine Demokratie, weißt du?«

Die andere Cousine fuhr mit dem Arm von oben nach unten und bleckte dabei die Zähne.

»Hör doch auf!«, rief Jane. Dann sagte sie in Siras Richtung: »Aber sie hat recht: Sie hacken Arme ab, reihenweise. Und nicht nur das. Sie greifen die Kopten an. Es gibt so viel Gewalt. Weißt du noch damals auf dem Platz, wo wir alle zusammen waren?«

»Natürlich«, sagte Sira.

»Das ist vorbei. Für uns Frauen besonders. Der totale Backlash. Sie haben uns gespalten. Wir sind nicht mehr ein Volk, wir sind jetzt für oder gegen das Militär, für oder gegen die Muslimbrüder. Sie haben alles zerstört, was uns damals so stark gemacht hat.«

»Na, und? Dann müsst ihr es euch eben zurückholen! Ihr habt doch auch die Muslimbrüder wieder vertrieben«, sagte Sira.

»Welche Farbe hat denn dein Kleid für morgen?«, fragte Tante Seda.

»Blau«, sagte Sira.

»Schön«, sagte Tante Seda. »Du wirst wunderschön aussehen in Blau.«

Sira lächelte kurz, dann wendete sie sich wieder Jane zu: »Ihr könnt doch jeden vertreiben, der euch nicht passt, oder etwa nicht?«

»Wir? Na ja. Das Militär hat uns benutzt. Und das mit den Bürgerrechten? Vergiss es! Sie stecken Zivilisten einfach so«, Jane schnippte mit den Fingern, »in die Gefängnisse. Es gab keine Polizeireform, Sira, die Polizei ist immer noch dieselbe wie unter Mubarak.«

»Ja, aber«, sagte Sira.

»Und die Militärs schneiden den Muslimbrüdern die Bärte ab. Sie sind kein Stück besser.«

»Ja, aber: Ihr, ihr seid besser, wir sind besser. Wir haben doch gekämpft. Und gewonnen. Wir sind doch so stark!«

»Stark, wir?«, rief Tante Manāl im Vorübergehen. »Sisi ist stark. Wie stark wir sind, hat man ja gesehen! Es geht uns so schlecht wie schon lange nicht mehr. Der Tourismus ist tot, die Wirtschaft ist tot und die Jungen sind arbeitslos.«

»Jetzt redet ihr ja doch über Politik«, sagte Tante Seda.

»Sind gleich fertig, keine Sorge«, sagte Jane. »Sira muss gerade zwei Jahre aufholen. Sie …«

»Und das nennst du stark?«, fragte Tante Manāl. »Das reinste Elend ist das! Und eine Schande noch dazu. Wir brauchen einen starken Mann! Und Sisi ist stark! Zum Glück hat Ben so einen guten Job, stimmt's Nahla, zum Glück hast du dir einen Mann gesucht, der auf der ganzen Welt arbeiten kann.«

Nahla gab Tante Manāl einen Kuss auf die Wange.

»Ägypten ist ein Drecksloch«, fuhr Tante Manāl fort. »Also, wenn ich die Chance hätte, ich würde sofort nach Amerika gehen, und ich würde sofort einen Mann wie Ben heiraten.«

»Du?«, fragte Jane.

Tante Manāl winkte ab.

»So, und jetzt wird gefeiert«, sagte Jane.

»Ich heirate morgen!«, rief Nahla in die Runde, und alle klatschten und sangen. Nahla drehte sich einmal im Kreis, dann setzte sie sich zu Sira: »Aber jetzt muss ich doch mal kurz was dazu sagen. Es hat sich sehr wohl was geändert. Zum Guten, meine ich jetzt. Und Sisi jagen wir auch wieder davon, das wäre doch gelacht!«

»Bist du jetzt übergeschnappt?«, fragte Tante Manāl. »Sisi ist unsere Hoffnung, unser Stern!«

»Kommst du mal mit in die Küche?«, fragte Tante Seda und zog Tante Manāl hinter sich her.

»Das, was wir vor zwei Jahren erreicht haben, kann uns keiner nehmen! Es geht nicht mehr nur darum, wer am lautesten schreit«, sagte Nahla und schickte Tante Manāl einen Blick hinterher. »Ägypten mag ein Drecksloch sein und auch noch ein paar Jahre ein Drecksloch bleiben, aber aufgegeben haben wir nicht.«

Jane nickte.

Sira blickte zu Boden.

»Aber weißt du was, Sira? Gerade schert es mich nicht die Bohne, was Mursi, Sisi oder sonst für ein alter Mann tut. Heute will ich Spaß haben. Und das solltest du auch.«

»Genau«, sagte Tante Seda, die ohne Tante Manāl wieder aus der Küche gekommen war. »Es werden übrigens viele hübsche Jungs da sein, Sira, da muss Tante Manāl gar nicht zur Tat schreiten, wirst sehen. Viele hübsche Jungs ...«

Sira streckte der Henna-Malerin, die immer noch in ihrer Nähe stand, kommentarlos die Hand hin.

»Walid kommt übrigens auch«, sagte Nahla.

»Na, siehst du«, sagte Tante Seda und zwinkerte ihr zu.

Die Henna-Malerin zeichnete die ersten Linien auf Siras Handrücken.

Sira saß da und kam sich vor wie ein kleines Mädchen, dem Schleifen ins Haar geflochten wurden. Vielleicht war sie das tatsächlich noch, das kleine Mädchen, dem man Schleifen ins Haar flechten durfte, so viele wie man wollte – hundert rosa Schleifen.

Als Siras zweite Hand über und über mit rötlichen Ornamenten überzogen war, erinnerte sie sich an die Strategie, mit der sie früher die Verhöre ihrer Mutter und die langen Monologe ihres Vaters über sich ergehen hatte lassen. Sie konzentrierte sich und stellte sich die Welt eingefroren vor. ›Alaska‹ hatte sie ihre Methode früher genannt. Und auch wenn sie das schon lange nicht mehr ausprobiert hatte, dauerte es jetzt keine fünf Minuten, dann war sie wieder die kleine Sira, die sich lächelnd die Schleifen aus den Haaren ziehen ließ und sich gegen nichts und niemanden mehr wehren musste, weil die Welt sowieso eingefroren war. Dank ›Alaska‹ konnte sie jetzt den Tanten die richtigen Fragen stellen und mehr essen als ihr lieb war, sie konnte über Müdigkeit, Sattheit und Traurigkeit schlittern wie über eine frisch gefegte Eisfläche, und alle waren froh, dass sie endlich froh war.

Nur Nahla sah sie ein paar Mal prüfend an, aber Sira senkte ihren Blick oder steckte sich einen weiteren Keks in den Mund. Und hätte sie nicht am eigenen Leib erfahren, wie gefährlich es sein konnte, wenn man sich nicht wehrte, dann hätte sie schon bald nicht mehr sagen können, was besser war: mitzuspielen oder nicht mitzuspielen.

Den restlichen Abend über hörte Sira sich lachen, Wetten über die Geschlechterfolge von Nahlas Kindern abschließen und für ein hellgrünes Kinderzimmer plädieren. Sie hörte sich über ihre zukünftige Ehe mit Walid scherzen und mit ihren Tanten über die Vermögensverhältnisse von seiner Familie debattieren. Irgendwann war der Abend überstanden, und alle klopften ihr auf die Schulter.

Als sie dann allein im Zimmer auf dem Bett saß, in dem sie vor zwei Jahren auch gewohnt hatte, hielt sie plötzlich inne, zog den Bettkasten auf, schob die verstaubten Daunendecken und Kissen zur Seite und fand ihn: den braunen Schuh, den sie damals dort versteckt hatte. Sie löste den alten, steif gewordenen Schnürsenkel aus den Ösen und knotete ihn sich ums Handgelenk. Dann ging sie zum Fenster, öffnete es und schmiss den Schuh, soweit sie konnte, durch die Luft. Er schlug mit einem dumpfen, leisen Geräusch auf. Sie schloß das Fenster wieder und wendete sich um. Nahla stand in der Tür.

»Was war das denn?«, fragte Nahla.

»Ein Schuh«, sagte Sira.

»Ein Schuh?«

»Ja, einer der Schuhe, die damals bei Mubaraks Rede geworfen wurden, weißt du noch? Ich hatte ihn hier im Bettkasten versteckt. Als Pfand.«

Nahla schaute sie an.

»Dafür, dass ich auch echt dabei war«, sagte Sira.

»Du?«

»Jetzt brauche ich ihn nicht mehr, jetzt weiß ich es. Seit heute Abend weiß ich es.«

»Hab ich dir eigentlich schon mal gesagt, dass ich damals nur so mutig sein konnte, weil du dabei warst?«, fragte Nahla.

Sira schaute sie an.

»Immer wenn ich aufgeben wollte, habe ich gedacht, wenn Sira noch bleibt, dann bleibe ich auch. Und dann haben sie gerade dich erwischt.«

»Sie haben mich nicht erwischt, Nahla.«

»Ich weiß.«

»Darf ich heute Nacht bei dir schlafen?«, fragte Nahla. »Ich habe Angst.«

»Du?«, fragte Sira.

Sie schliefen Arm in Arm.

Am nächsten Tag feierte Sira, wie sie noch nie in ihrem Leben gefeiert hatte. Sie feierte bis ins Morgengrauen und schaute sich nicht ein einziges Mal dabei zu.

REIGEN

Zwei Frauen laufen sicheren Schrittes durch den Hof und ziehen analog rollende Koffer hinter sich her. Sie tragen Stewardessenkostüme. Durch die vordere Tür ist die eine vorgegangen, durch die hintere tritt nun die zweite zuerst. Die Blonde trägt eine blau-rote Uniform, die Brünette eine grau-gelbe.

Nach einer Stunde kommen sie zurück. Nun trägt die Blonde die grau-gelbe Uniform und die Dunkle die blau-rote. Sie passen wie angegossen.

»Klare Ansage«, sagt die eine, und die andere macht eine dieser typischen Handzeichen: Zwei Notausgänge im vorderen, zwei Notausgänge im hinteren Bereich. Dann geht die eine vor und die andere wartet, bis sie im Vorderhaus gelandet ist, bevor sie startet.

Unter einem Dach

Als der Vorhang sich öffnete, war nichts von alledem, was Olaf angekündigt hatte, auf der Bühne zu sehen. Keine gigantischen Micky-Maus-Kopfhörer, kein Kunstrasen, keine Stäbchen schwingenden Riefenstahl-Mädels und kein Taty, Taty, Demokraty. Ein Tisch und zwei Stühle. Dazu ein einfaches Giebeldach, das die Bühne überspannte. All das wirkte wie ein großes Puppenhaus.

Puppenhaus, Puppenheim, dachte Ada. Torvald und Nora, Thorwald und die Leiche? Doch was hatte Olaf mit Ibsen, Ibsen mit Hitchcock und all das hier mit ihr zu tun? Normalerweise mochte sie Premieren, aber normalerweise besuchte sie die auch nicht mit ihren Schwiegereltern, sondern mit Farid. Selbst nach der Trennung war er immer zu ihren Premieren gekommen. Daran hatte er nie gerüttelt, und das war auch gut so, denn es gab Situationen im Leben, die sie nicht alleine erleben wollte, die unwürdig wurden, wenn man sie alleine erleben musste, die dann plötzlich ihre Kehrseite zeigten. Premieren gehörten dazu und Silvesterfeste.

Wenn Sira jetzt da gewesen wäre, hätte sie sich vielleicht darüber hinwegtäuschen können, dass sie alleine auf ihrer eigenen Premiere war, aber Sira war in Kairo. Dass der Bühnenbild-Praktikant sie vorhin im Foyer angelächelt hatte, verstärkte ihr Gefühl noch, dass etwas in ihrem Leben gerade schieflief, und dass sie selbst nicht unbeteiligt war an dieser Schieflage. Zum Glück hatte sie nicht mit dem

Praktikanten geschlafen, zum Glück traf sie ab und an auch mal eine richtige Entscheidung. Womöglich war Farid immer noch sauer? Du lieber Himmel! Sie hatte wirklich keine Lust, sich mit seiner Humorlosigkeit auseinanderzusetzen.

»Alles ok?«, flüsterte Regina.

»Nein«, sagte Ada.

Regina schaute sie fragend an. Ada winkte ab und steckte sich ein extrem scharfes Pfefferminzbonbon in den Mund. Ihre Mutter hatte auch immer solche Pfefferminzbonbons zur Hand, im Kino und in der Kirche, aber sie lutschte sie nicht, um auf frische Gedanken zu kommen, sie lutschte sie, um dem Husten und allem anderen zuvorzukommen, was das Leben bedeutete. Ihre Mutter hatte sich ins Puppenheim gelutscht, nicht sie. »Ich muss herausfinden, wer recht hat, die Gesellschaft oder ich«, war der einzige Satz von Nora, der ihr im Gedächtnis geblieben war. Wenn Ibsen hier als Folie herhalten sollte, dann würde dieser Satz sicherlich gleich fallen. Nora oder die Leiche? Beides war das Grauen.

Ada schüttete sich den Rest der Bonbontüte in den Mund, auf dass ihr wenigstens für ein paar Sekunden die Gedanken wegbrannten, dann spuckte sie die feuchte Masse in ein Taschentuch, knüllte es zusammen, legte es vor sich auf den Boden und schob es ihrer Ex-Schwiegermutter mit der Fußspitze unter den Sitz. Vielleicht würden Speichel und Schärfe ja eine chemische Reaktion auslösen und ihrer Ex-Schwiegermutter den Arsch versengen, dann wäre wenigstens ein bisschen Feuer in der Bude, dachte Ada und versuchte nicht zu schmunzeln, weil schmunzeln was für Noras war, und sie keine Nora war, keine Nora und keine Lisa, sondern wenn überhaupt und auch nur heute, weil heute der Tag nach gestern war: eine Miss Lonely Hearts. Und so blieb die Frage, auch wenn Ada sie mit noch so vielen Volten schwindelig zu spielen versuchte: Wo war Farid?

Auf den drei Seiten und dem Bühnenhimmel liefen inzwischen tonlos die Filme, die sie gedreht hatten. Ein junger Mann und eine junge Frau traten nun auf, setzten sich gegenüber an den Tisch und sagten abwechselnd:

»Ich muss nur noch schnell den Rasen mähen.«

»War nur so ein Spruch.«

»Schöner Teppich.«

»Ja, doch, gut.«

»Ein bisschen Sahne zum Kuchen?«

»Kein Grund zur Beunruhigung.«

»Ist ja auch eine andere Zeit.«

»Stellen Sie uns jetzt die Fragen?«

Dann verstummte das Paar und ging ab.

Na, wenn das mal keine grandiose Schlingensief-Hommage war, dachte Ada, während ihr die Schadenfreude über den Unmut der Zuschauer ringsum wohlig den Nacken hinunter lief. Neben ihr begann eine Frau auf ihrem Handy zu tippen, der Mann vor ihr rutschte auf seinem Sitz herum, nur Regina war vergnügt.

Siras Vater saß in der Reihe direkt vor Ada und flüsterte Siras Mutter ins Ohr: »Hab ich's dir doch gesagt: Die schneiden heute nur noch Gurken im Theater.«

Dann traten eine alte Frau und ein alter Mann auf, nahmen am Tisch Platz und sagten abwechselnd:

»Darf ich?«

»Wie lange habt ihr euch nicht gesehen?«

»Ich muss wieder los.«
»War nur ein Witz.«
»Ich glaub's ihm.«
»Schon?«
»Ich weiß es nicht.«
»Stellen Sie uns jetzt die Fragen?«

Auch sie gingen ab. Die drei Leinwände schoben sich in eine Reihe im Bühnenhintergrund, die vierte kippte von der Decke und fügte sich ein. Reginas Mutter mähte den Rasen, Adas Vater trug Taschen und Siras Mutter bewegte die Finger über die Tasten, während Olafs Mutter die Hand ihres Sohnes tätschelte. Alle hatten nun einen Balken über den Augen.

»Warum haben sie das mit diesen schwarzen Dingern gemacht?«, fragte Siras Mutter ihren Mann. »Sieht ja grauenhaft aus.«

»Psst!«, zischte eine Frau von vorne.

»Zum Schutz unserer Privatsphäre wahrscheinlich«, sagte Siras Vater spöttisch, ohne seine Stimme zu senken.

Siras Mutter spielte mit Krokodil-Fingern auf dem Oberschenkel Klavier, und die Frau aus der vorderen Reihe drehte sich mit einem bitterbösen Blick um.

Dann ertönte japanische Flötenmusik und Fallschirme mit Plastik-Fledermäusen schwebten von der Decke. Die Fledermäuse waren mit roter Farbe getränkt. Die Farbe tropfte auf den Boden. Die Fledermäuse explodierten. Es knallte und rauchte, die nassen Stofffetzen spritzten über die Leinwände und sprenkelten sie. Ein Massaker. Siras Mutter spielte weiter Klavier, Adas Mutter brachte den Teppich in Ordnung, Reginas Vater kratzte sich mit der Keule am Rücken, und die Lakritzschneckentüte lag noch ungeöffnet auf dem Laken, während es weiter knallte und Fledermausfetzen regnete und Gaukler in bunt karierten Kostümen einen schwarz-rot-goldenen Flügel auf die Bühne rollten.

Siras Vater sagte: »Zuerst Gegurke, jetzt Budenzauber, was kommt als nächstes?«

Siras Mutter antwortete: »Ist doch lustig.«

Regina lachte laut auf. Siras Eltern drehten sich nach ihr um, Ada schaute zur Seite und entdeckte Farid. Dort, ganz links außen auf dem allerletzten Sitzplatz, saß Farid. Er sah gut aus und ruhig und so, als wäre das Leben erträglich.

Und auf einmal verstand Ada überhaupt nicht mehr, wie das alles passieren konnte, warum er unpassenden Frauen unpassende Kinder zeugte, und sie sich durch halb Berlin vögelte. Auf der Bühne tobten die Kriegsphantasien ihrer Großmutter. Ada wollte das alles nicht mehr sehen, nicht, dass die Klaviatur schwarz-rot-gold gefärbt war, nicht dass Reginas Vater um sein Leben zauberte und auch nicht, dass Sira sich ein Loch in die Hose reißen musste, um atmen zu können. Sie wollte überhaupt nicht zusehen, wie das falsche Leben hier direkt vor ihren Augen aufgeführt wurde, und vor allem wollte sie ihren Blick auf all das nicht vorgeführt bekommen. Es war nicht das Leben der Anderen, es war ihr eigenes, das hatte sie inzwischen verstanden, aber sie sah trotzdem nicht ein, warum sie das auch noch beklatschen sollte.

Ada schloss die Augen. Überall Raben, dicke, schwarze Raben. Und das war nicht Hitchcock, das war ihr ureigener kleiner Horrorfilm, der da lief. Sie öffnete die Augen wieder. Ehrlich gesagt wollte sie jetzt nur eines: raus hier! Und wenn sie noch ehrlicher war, dann wollte sie Farid zurück, Raben hin oder her.

Sie wendete den Kopf erneut nach links und betrachtete Farid, den Mann an ihrer Seite. Er trug einen Bart. Vielleicht lag der Gedanke nahe, dass sein Bart etwas mit der jungen Ägypterin in seiner Wohnung zu tun hatte, aber Ada dachte ihn nicht, oder nur so schwach, dass er nicht gegen den anderen ankam, der sich jetzt prachtvoll und in seiner Oberflächlichkeit so glänzend und unbestreitbar ausbreitete, der Gedanke, wie gut sie zueinanderpassten: Farid und sein Bart, Farid und sie.

In diesem Augenblick drehte Farid sich zu ihr hin, ihre Blicke trafen sich, und plötzlich war er da: dieser Moment der ungeteilten Ruhe.

Sie schauten sich an, während Olaf auf der Bühne jetzt doch noch alles auffuhr, was aufzufahren war: Die Frau im Nadelstreifenanzug, die auf dem Deutschland-Flügel ungelenke Bewegungen machte, der leuchtend grüne Kunstrasen, der sich von einer Ecke zur anderen hin ausrollte und natürlich: Taty, Taty, Demokraty.

Farid und Ada schauten sich an, als das Spruchband über der Bühne Fahrt aufnahm und rot blinkend verkündete: Ich mach euch den Ossi +++ Man darf das heute ja alles nicht mehr sagen +++ Deutschland hat uns mit offenen Armen aufgenommen +++ Sie schauten sich weiter an und hielten ihren Blick. Und kaum beklatschten die Menschen um sie herum die ersehnte Pause, gingen sie aus dem Theater hinaus in die Nacht hinein.

REIGEN

Das Paar schiebt seine Fahrräder in den Hof und parkt sie am Fahrradständer nebeneinander. Sie tragen beide Rucksäcke, haben beide Schlösser um die Hüfte gebunden und drehen nun am Zahlenrad. Wie Synchronschwimmer nehmen sie ihre Schlösser von der Hüfte und bücken sich, um die Fahrräder abzuschließen. Doch kurz bevor sie die Schlösser durch die Speichen schieben, halten sie inne und schauen sich an. Dann richten sie sich auf, heben zeitgleich ihre Vorderräder aus den Ständern und rücken sie näher zusammen. Nun wickeln sie ihre Schlösser um beide Vorderräder, lächeln sich an und gehen hinein.

Nach einer Stunde entriegeln sie ihre Fahrräder wieder. Sie legen sich im Gleichklang der Bewegungen die Schlösser um die Hüfte, zögern beide kurz und verstauen sie stattdessen in ihren Rucksäcken.

Die Nacht

Ada und Farid kamen nur bis zum nächsten Hauseingang, dann drängten sie sich aneinander, als bahnte sich etwas zwischen ihnen an, das niemals wieder bezwungen werden könnte. Sie küssten sich so weit weg, dass sie niemals wieder zurückfinden würden, und berührten sich auf eine Art, die den Raum in alle Richtungen hin öffnete.

Als sie irgendwann ein Bett fanden, waren sie nur noch Tastsinn und Haut, sie gaben ihren Blick frei nach innen und nach außen zugleich, und waren da.

Im intimen Labyrinth, in dem es keine Duelle mehr auszutragen und keine Schwellen mehr zu übertreten gab, und in dem alles möglich war, Verschwendung und Übertreibung, alles nur einmal und nie wieder.

Doch kaum lagen sie gelöst in den Kissen, ging es daneben. Es musste danebengehen, es konnte nicht dasselbe bleiben, sie ahnten das; schon vorher hatten sie das geahnt, aber jetzt, als sie wieder zwei waren, hielten sie es nicht aus, dieses Danebengehen, beide nicht, sie nicht und er nicht. Es war zu fragil, es entzog sich zu schnell und lockte sie in eine Abgründigkeit, der sie nicht gewachsen waren, beide nicht, sie nicht und er nicht. Jetzt schon löste die Verschwendung Angst aus, jetzt schon empfanden sie die Übertreibung als haltlos, nebeneinanderliegend waren sie nicht mehr in der Lage, sich ins Ungewisse hinein zu wünschen, so sehr gerade dieser Wunsch noch vor ein paar Minuten Lust gewesen war.

So begann die Vertreibung.

Und beide wussten es. Sie wussten es, auch wenn sie noch so taten, als merkten sie es nicht. Sie standen auf, zogen sich an und schauten sich ein letztes Mal zärtlich an. Sie versuchten sich noch einmal näherzukommen, berührten einander halb bekleidet und im Stehen, doch schon da kamen sie sich nicht mehr nach. Sie hätten sich einander versichern können, mit Worten und mit Gesten, sie hätten sich die Liebe erklären können, sie hätten sich jetzt und hier sagen können, wie groß diese Liebe war, die sie nicht aushalten konnten, aber sie taten es nicht.

Also trennten sie sich und gingen aus der Nacht heraus in ihre Tage.

Annika Reich
im Carl Hanser Verlag

Durch den Wind

Roman

336 Seiten

2010

Vier Frauen, Mitte dreißig, in Berlin: Yoko, Friederike, Alison und Siri sind auf der Suche nach der Liebe und nach dem richtigen Leben. Und alle vier hadern mit sich, weil sie Angst vor dem Scheitern haben. Haben die alten etwa mehr Mut als die jungen Leute? Annika Reich erzählt mit Witz und Melancholie, mit Intelligenz und Genauigkeit von einer Generation, die das Neue will und vor den alten Fragen steht. Am Ende merken die vier Frauen: Leben lernen muss jede für sich allein.

»Eine angenehm intelligente Seismographin der heutigen Gesellschaft. Sie bringt die zentralen Fragen dieser Generation auf den Punkt. Ein großes Lesevergnügen.« Denis Scheck

»Annika Reich verflicht kunstvoll die Geschichten der vier Freundinnen.« Christine Regus, *Die Tageszeitung*

»Ein Gegenwartsroman im besten Sinne, intelligent und sinnlich zugleich: 4 junge Frauen stehen vor der alten Frage, wie sich Freiheit und Bindung, Abenteuerlust und Verlässlichkeit vereinbaren lassen.«
Uwe Wittstock, *literaturport.de*

Annika Reich
im Carl Hanser Verlag

34 Meter über dem Meer
Roman
272 Seiten
2012

Ella und Horowitz könnten nicht unterschiedlicher sein: Ella, jung und verträumt, beginnt gerade ihren ersten Job bei einem Radiosender und ist frisch verliebt. Horowitz, alt und schrullig, ist gescheiterter Meeresforscher. Doch eines verbindet die beiden: Sie wünschen sich ein anderes Leben. Über eine merkwürdige Annonce treffen sie aufeinander: »6-Zimmer-Wohnung in Berlin-Charlottenburg zu tauschen gegen 2/3-Zimmer.« Annika Reich erzählt voller Witz und Melancholie von der Unmöglichkeit, ein authentisches Leben zu führen.

»Mit viel Witz geschrieben, manchmal fast schrullig, eigensinnig und immer ein bisschen melancholisch. Ein Roman, so leicht wie ein Soufflé.« Christine Westermann, *WDR 2*

»Wunderbar poetisch!« *Freundin*

»Reichs Zweitling ist eine leichte, dennoch intelligente Erzählung über die Freuden, Verantwortung zu übernehmen und für andere Menschen da zu sein. Von liebenswerten Figuren bevölkert, fordert der Roman seine Leser auf, die Welt vor den eigenen Augen zu entdecken. Ob in Berlin-Mitte, in Charlottenburg oder anderswo.«
Simon Broll, *Spiegel online*